Im Magen des Clowns

Clowns

Horrorthriller

Bibliografische Information der Deutschen Nationalbibliothek:
Die Deutsche Nationalbibliothek verzeichnet diese Publikation in
der Deutschen Nationalbibliografie; detaillierte bibliografische
Daten sind im Internet über http://dnb.dnb.de abrufbar.

Im Magen des Clowns ist auch als E-Book auf vielen Plattformen erhältlich.

Cover: chaela/chaela.de
Korrektorat und Lektorat: anon.
Zweites Korrektorat: Birgit Böckli/birgit-boeckli.de

Herstellung und Verlag: BoD – Books on Demand,
Norderstedt

ISBN: 9783754338322

www.alexanderhogrefe.de

Für meine Großmutter Elisabeth.
Mögest du in Frieden ruhen.

1.

»Hören Sie, es ist wichtig, dass Sie mir glauben. Ich bin nicht gekommen, um Ihnen Lügen aufzutischen oder eine nette Abhandlung über das Leben zu halten, sondern weil es verdammt ernst ist. Ich habe es mir nicht ausgedacht. Also glauben Sie mir, verflucht noch mal. Wenn Sie wüssten, was ich durchmachen musste, würden Sie mich nicht so ansehen.

Jaaaa ... Sie haben keine verschissene Ahnung. Da draußen ist der Teufel und er hat mich gegessen. Ich weiß, wie sich das anhört. Sie denken vielleicht, dass ich verrückt bin – aber das bin ich nicht. Es ist passiert. Überhaupt ein Glück, dass ich Ihnen gegenüberstehe und nicht in einer Brühe schwimme und aufgelöst werde. Das hätte nämlich passieren können, wissen Sie? Es war knapp! Was soll das? Was kann ich tun, außer die Wahrheit sagen?«

2.

»Mira! Mira Dunlo!«

Mira verharrte auf der Schwelle und drehte sich um.

»Ben, was ist?«

Ben kam vor ihr zum Stehen und strich sich über die wenigen Haare, die ihm geblieben waren. Er seufzte.

»Ich wollte nur Danke sagen, dass du mich gerettet hast.«

Mira winkte ab. »Ach, das ist doch kein Problem. Habe ich gerne gemacht.«

»Ne, ehrlich«, meinte Ben. »Und du solltest vorsichtig sein. Der Kerl hat mir beinahe mein Ohr abgebissen.« Er zeigte darauf. Sein Ohrläppchen war rötlich angelaufen, ansonsten war es nicht weiter schlimm.

»Soll ich pusten?« Mira grinste.

Ben verpasste ihr einen zahmen Klaps auf die Schulter. »Das ist nicht lustig. Es brennt sogar ein bisschen. Jedenfalls, sei vorsichtig, und wenn du mich brauchst, ich bin hinter der verspiegelten Scheibe.«

»Ist gut«, sagte Mira. Ben nickte und wandte sich ab. Eilig näherte er sich der hinteren Ecke …

»Ach, Ben, vielleicht könntest du die Kontaktdaten überprüfen. Jag den Ausweis mal durchs System und schau, was du findest.«

Er drehte sich um. »In Ordnung, und wenn ich jemanden finde?«

»Dann bestellst du ihn her. Ich glaube, das wird nötig sein.«

Er nickte.

Mira betätigte die Klinke und betrat den Verhörraum.

Hinter einem Tisch saß ein junger Mann. Er wirkte klein in der grauen Kargheit des Raumes, der neben dem Tisch über ein großes, opakes Fenster an der rechten Wandseite verfügte. Mira schloss die Tür und setzte sich auf den Stuhl ihm gegenüber.

Der junge Mann war mit Handschellen an einen Stahlträger in der Mitte gefesselt. Seine Augen strahlten müde und er hatte ein Zeug in den Haaren, das wie Konfetti aussah. Zudem roch er auffällig nach Honig, als hätte er sich in Bienenwaben gewälzt. Das war schon bei seiner Verhaftung seltsam gewesen. Als sie ihn von hinten gepackt und von Ben weggezogen hatte. Larry, so hatte er sich vorgestellt, war durch die Tür hereingekommen und hatte sich an den nächsten Tresen begeben. Er hatte schwer geatmet und Ben erzählt, was vorgefallen war. Irgendwann hatte Ben dann aufgehört zu schreiben und den Stift beiseitegelegt.

»Hör mal, Freundchen«, hatte er gesagt. »Das ist kein Witz. Geh und verarsch jemand anderen.« Daraufhin war Larry ausgetickt. Er hatte Ben gepackt und ihn am Kragen gezerrt. Beinahe hätte er ihn über den Tresen gezogen – Ben war nicht sehr stämmig, eher schmal und leicht –, wenn Mira nicht eingeschritten wäre und Larry von hinten überwältigt hätte.

Sie hatte ihn festgenommen und in den nächsten Verhörraum verfrachtet.

»Mein Name ist Mira und Sie sind Larry, Larry Silling, richtig?« Sie sah auf. Vor ihr lag eine aufgeschlagene Mappe mit Dokumenten.

Er verdrehte die Augen.

»Ja oder nein?« Es war spät. Jetzt Zuhause zu sein und einen Film zu gucken, wäre deutlich spannender, als das hier.

Sie seufzte. Müde blätterte sie durch die Dokumente, betrachtete die Seiten.

»Ja.« Er klang genervt. »Das sagte ich bereits.«

»Wir müssen sichergehen.« Mira lehnte sich zurück, öffnete eine Schublade und holte ein Aufnahmegerät heraus, das sie vor Larry auf den Tisch stellte.

Er rümpfte die Nase. »Was wird das?«

Mira sah auf. Mit einem Finger tippte sie auf das Gerät. »Ich habe vorhin nur mit halbem Ohr mitgehört. Wie wäre es, wenn Sie sich die Mühe machten, mir zu erzählen, was vorgefallen ist? Dann könnten wir weitermachen.«

Larry schüttelte den Kopf. »Aaarg, Sie verstehen nicht. Wir haben keine Zeit. Er ist vermutlich schon unterwegs zum nächsten Opfer.«

»Wer?«

»Der Clown!« Er begann seine Hände zu kneten. So etwas wie Kummer trat in sein Gesicht. »Haben Sie angefangen, Yoki zu suchen?«

Mira seufzte. »Larry …«

»Haben Sie?« Larry ballte seine Hände zu Fäusten und ließ sie auf den Tisch knallen, sodass das Aufnahmegerät einen kleinen Satz nach oben machte.

»Larry, hören Sie«, mahnte Mira. »Von welcher Yoki sprechen Sie?«

Er riss die Augen auf. »Yoki Tarot, eine Studentin an

der Uni. Sie – *Sie* ist dafür verantwortlich!«

»Wofür?«

»Für den Clown«, rief Larry. »Sie … sie …« Er zögerte. »Er gehört zu ihr, sie arbeiten zusammen.«

»Okay.« Mira atmete aus. »Am besten, Sie beruhigen sich und sagen mir, was vorgefallen ist. Wie wäre das?«

»Sie …« Larry biss die Zähne zusammen. »Dafür haben wir keine Zeit.«

Mira lehnte sich zurück. »Wir nehmen sie uns.« Verstohlen sah sie auf ihre Armbanduhr. Es war zehn nach zehn und damit würde sie wohl doch keinen Film mehr schauen können. Also sollte dieser Larry doch erzählen. Im Anschluss könnten sie ihn immer noch hierbehalten und von Ärzten untersuchen lassen. Mithilfe des Staatsanwalts und des Richters wäre das keine große Sache. Oder sie würde ihn laufen lassen, je nachdem, was er von sich gab. Oder Ben würde bei den Daten fündig werden und die Sache damit regeln. Wie auch immer … Etwas stimmte mit diesem Jungen nicht.

»Bitte«, beharrte Mira. »Legen Sie los. Sie haben keine andere Möglichkeit.«

Larry stöhnte. Er fuhr sich über die Augen und faltete dann die Arme auf dem Tisch.

»Also gut, wie Sie wollen. Dann eben die Langfassung«, sagte Larry. »Von vorne …«

Er nahm einen tiefen Atemzug …

3.

Wenn ich die Geschichte ganz erzählen soll, müssen wir dort anfangen, wo alles begann. In Fulda. Dort bin in geboren und aufgewachsen. Meine Mutter starb, als ich 14 war. Sie war eine gütige Frau, herzlich und freundlich. Sie zog mich auf, während mein Vater die meiste Zeit in der Werkstatt arbeitete. Er war Mechaniker und reparierte Autos und alle möglichen Elektrogeräte. War etwas kaputt oder funktioniert nicht, dann kamen die Leute zu ihm. Mikrowellen, Toaster, der ganze Kram, der so in einer Küche rumsteht. Mein Vater konnte die Dinger flicken – zumindest waren die Leute immer zufrieden.

Wir lebten am Stadtrand, nicht in der Innenstadt, wo es wilder ist, sondern außen, wo es ruhiger ist und man den naheliegenden Wald sehen kann. An Sommertagen ist es besonders schön, da die Sonne frei über die Landschaft strahlt.

Die Werkstatt befand sich im Untergeschoss unseres Hauses. Sie war sozusagen mit unserem Haus verwachsen und morgens, nach seinem Kaffee, musste mein Vater lediglich die Stufen runtergehen, und er war da.

Mutter kümmerte sich um den Haushalt. Sie war penibel, was das anging. Fast schon übermütig. Ich erinnere mich, wie sie mir jedes Mal am Freitag sagte, dass ich hochgehen und mein Zimmer aufräumen solle und dass sie es anschließend kontrollieren würde.

Komisch, das blieb mir irgendwie hängen.

Nach außen haben wir für unsere Nachbarn ein friedliches Bild abgegeben. Die typische Familie eben – Vater, Mutter, Kind – und der Vater obendrein noch talentiert mit dem Werkzeug und dem Schraubenschlüssel. Was konnte es Besseres geben?

In Wahrheit war es nicht so leicht. Die gute Miene, die mein Vater präsentierte, wich einer anderen, wenn wir alleine waren und er trank.

Wenn er trank, war es am schlimmsten. Dann drehte er manchmal durch.

Manchmal schlief er ein, nachdem er getrunken hatte. Er sackte zusammen wie ein Sack Stroh und verdöste den Abend, bis er morgens mit einem Kater geweckt wurde, in der Regel durch die Strahlen der Sonne. Dann murrte er, ging duschen und machte sich an die Arbeit. Da ihn keiner kontrollierte und ihm keiner vorstand, konnte er sich das erlauben. In einem Unternehmen wäre das schwieriger gewesen.

An anderen Tagen, wenn er nicht schlief, sondern wach war, wurde er gefährlich. Dann reichten oftmals Kleinigkeiten und er konnte ausrasten. Ich weiß noch, als ich klein war. Neun oder so, ich weiß nicht mehr genau. Ich stand gerade in der Küche und machte den Abwasch – hin und wieder machten wir das noch per Hand. Wir hatten zwar eine Spülmaschine, aber die schalteten wir nicht immer ein, zumindest nicht, wenn wir wenig Geschirr benutzt hatten. Ich stand am Fenster und sah hinaus auf die Straße. Es war schon dunkel, aber nicht so dunkel, dass ich nichts gesehen hätte. Ich stand da, den Lappen in der einen und den Teller in der anderen Hand. Hinter mir saß Vater am Tisch, den Whiskey in der Hand. Er las Zeitung, versuchte es zumindest. Wie er brummte und sich über das Gesicht wischte, wusste ich, dass er betrunken war. Irgendwann findet man das raus, wissen Sie. Dann merkt man sich die Anzeichen.

Mir gefiel die anbrechende Nacht. Die Häuser und das schummrige Licht, das die Gegend in ein tiefes Kristallblau tauchte. Während ich so hinaussah, den Teller in der Hand, fiel ich in so eine Art Trance – einen versonnenen Moment, wenn Sie verstehen, was ich meine. Es passiert mir manchmal und es ist überhaupt nicht schlimm. Man sitzt da und sieht etwas an - egal was. Sie starren vor sich hin, vergessen alles um sich herum und betrachten nur das, was sich Ihnen offenbart. Es ist sehr eindringlich, dieses Gefühl, ich mag es. Damals kam es jedoch ungelegen.

Ich hatte meine Umgebung ausgeblendet und meinen Blick auf die Fensterscheibe geheftet, als von oben, vollkommen schlagartig, ein Vogel gegen die Fensterscheibe knallte und tot zu Boden fiel. Ich erschreckte mich so, dass ich nicht nur den Teller fallen ließ, sondern einen lauten Schrei ausstieß. Es war furchtbar. Zudem fiel ich von dem Hocker, auf dem ich gestanden hatte.

4.

Mein Vater hörte das Klopfen des Vogels gegen die Scheibe, das Geschirr und das Krachen der Scherben. Den Vogel ignorierte er, meinen Schrei auch, aber der Teller, der war ihm unglaublich wichtig. Betrunken, wie er war, fuhr er herum und packte mich am Kragen.

Er ist sehr groß und stark, müssen Sie wissen. Ein Mechanikertyp eben – die mit den breiten Oberarmen. Er packte mich, hielt mich fest und brüllte, so laut er konnte: »WAS FÄLLT DIR EIN, DU DÄMLICHER HUND.« Er war komplett außer sich. Sein Gesicht war rot, er spuckte in alle Richtungen und kreischte mich direkt an, sodass ich gezwungen war, meinen Blick abzuwenden.

Das war ein Fehler.

Er holte aus und schlug mir eine gegen die Wange. »SIEH MICH GEFÄLLIGST AN, WENN ICH MIT DIR REDE.«

Wie Sie sich vorstellen können, begann ich zu weinen. Nicht nur aufgrund des Schlages, sondern weil ich geschockt war. Das Brüllen meines Vaters war etwas, an das ich mich nie richtig gewöhnen konnte. Es ist wie ein Virus, der sich ständig verändert, sodass man sich kaum anpassen kann. Das machte es schwierig für mich. Bereits als Kind – und gerade da!

Ich hing mehr in der Luft, als dass ich stand, und flennte wie ein Wasserfall. Er hatte kein Mitleid – da war nichts. Der Ausdruck auf seinem Gesicht, diese Feindseligkeit, als könne er nicht verstehen, wie sein

Sohn anfangen konnte zu weinen, verdeutlichte das. Ich sehe dieses starre Gesicht manchmal vor mir, wenn ich mich erinnere.

Zum Glück kam meine Mutter von der Arbeit. Sie assistierte einem Zahnarzt. Als sie mich sah, drehte sie durch, nur auf positive Weise. Sie schrie meinen Vater an, machte ihm Vorwürfe und sagte, dass er mich loslassen solle. Mein Vater starrte sie an, ließ mich fallen und verpasste ihr eine. Sie verlor den Halt und schlug auf dem Boden auf. Mit der Hand gab sie mir ein Zeichen, dass ich fliehen sollte. Ich rannte die Stufen hoch und schloss mich in meinem Zimmer ein. Unten konnte ich meinen Vater zetern hören wie einen Wahnsinnigen. Dann meine Mutter, dann einen Knall, Schritte, dann kehrte Ruhe ein.

Ich blieb in meinem Zimmer, ängstlich wie so oft. Die Knie angezogen und heulend. Am nächsten Morgen war mein Vater wieder nüchtern. Er redete nicht über das, was er getan hatte. Meine Mutter übrigens auch nicht. Sie hielt die Klappe, wie sie es immer schon getan hatte. Sie hatte nur getobt, weil ich in Gefahr war. Das habe ich ihr angerechnet, auch wenn ich sie gleichzeitig verurteilte.

Oder ich verurteile sie jetzt ... wie auch immer. Sie hätte etwas tun können, wenn sie gewollt hätte.

Meine Mutter behauptete später, der blaue Fleck in ihrem Gesicht sei von einem Sturz bei einer Wanderung gekommen. Die Leute glaubten das, auch wenn sie untereinander tuschelten. Es war nicht leicht, die friedliche Harmonie zu durchbrechen, die wir ausstrahlten. Und wenn beim privaten Kaffeeklatsch der Nachbarn eine Dame anfing, Vermutungen anzustellen, kam gleich: »Wie kannst du nur so was denken? Die Sillings sind doch so eine harmonische Familie, hast du sie mal gesehen?«

Ja, damit endete das meistens. Der Kreislauf wiederholte sich trotzdem. Ein Zwischenfall jagte den nächsten. Zwar nicht jeden Tag, aber oft genug. Alle zwei Wochen vielleicht. Oder nur einmal im Monat. Meine Mutter versuchte mich zu schützen. Sie hatte gelernt, wie sie sich zu verhalten hatte, wenn ein bestimmter Fall eintrat. Dann schickte sie mich hoch und tat so, als würde sie sich hingebungsvoll um meinen Vater kümmern.

Tat sie auch. Nur manchmal schlug er sie trotzdem. Manchmal auch nicht.

Sagen Sie, ist es eigentlich eine Vergewaltigung, wenn man verheiratet ist und die Frau Nein sagt? Ja, oder? Dann ist meine Mutter oft vergewaltigt worden. Von ihrem eigenen Ehemann. Es bricht einem das Herz. Zum Glück musste sie das nicht zu lange ertragen. Mit 54 Jahren erhielt sie die Diagnose. Ich war 14.

5.

Krebs. Kehlkopfkrebs. Metastasen. Ab diesem Zeitpunkt veränderte sich unser Leben schlagartig. Es war, als ob man begonnen hätte, den Globus in die andere Richtung zu drehen. Von nun an verbrachte meine Mutter ihre Zeit im Krankenhaus. Zuerst sah sie noch vernünftig aus, wie ein Mensch. Dann kam die Chemotherapie, dann der Essensverzicht, dann die Behandlung mit weiteren starken Medikamenten. Schließlich war sie kein Mensch mehr, sondern irgend so ein Ding, das im Bett lag, die Augen fast geschlossen, keine Haare auf dem Kopf und mit Dutzenden Schläuchen verbunden.

Sie starb im August 2005, als ihr Körper entschied, dass es genug sei. Mein Vater und ich kamen zum Krankenhaus, nachdem man uns benachrichtigt hatte. Wir standen mit Abstand zueinander am Bett und sahen auf den leblosen Körper, der einmal voller Liebe gewesen war. Eine ganze Weile standen wir so.

Mein Vater hatte versucht, mir eine Hand auf die Schulter zu legen, aber ich wies ihn ab.

Dieses Bild ist sehr intensiv, müssen Sie wissen. Es sind viele Gefühle damit verbunden.

Instinktiv trat ich vor und umfasste die Hand meiner toten Mutter. Die Haut war eisig kalt und ich bekam eine Gänsehaut. Mein Vater sah mir schweigsam zu. Er war nüchtern. Ich hielt ihre Hand und mir wurde eine Sache klar. So klar, dass ich sie nicht ignorieren konnte: Was immer meiner Mutter passiert war, ihre Krankheit hing maßgeblich mit dem furchtbaren

Verhalten zusammen, das mein Vater an den Tag gelegt hatte. Er war nicht allein schuld, aber er war mitschuldig. Hätte er sie nicht so behandelt, sie herumdirigiert wie eine Sklavin, wäre sie vermutlich nicht erkrankt und würde noch leben. Die Erkenntnis traf mich wie ein Blitz. Ich versprach meiner Mutter, dass ich es besser machen würde als mein Vater. Ich versprach ihr, dass ich ihn verlassen und niemals wiederkehren würde. Dass er mir egal sein würde und ich ihn nicht bräuchte. Ich war so wütend auf meinen Vater. Allein, dass er im selben Raum stand und meine Mutter ansah, als wäre sie ein Objekt auf der Straße. Ohne Wert.

Er hat nicht einmal um sie geweint. Zumindest soweit ich das beurteilen kann. Ich habe ihn nie weinen sehen. Aber sein Trinken wurde schlimmer.

An jenem Abend, als wir vom Krankenhaus zurückkamen, holte er eine Flasche Wodka aus dem Schrank und trank sie leer. Dann eine Flasche Whiskey. Ich war in meinem Zimmer, als er in der Küche herumstapfte und nach meiner Mutter schrie. Sie solle kommen und tun, wofür Frauen geschaffen seien. Einmal hörte ich ihn kotzen, dann fiel er wohl in Ohnmacht. Ich ließ ihn liegen und stieg am nächsten Morgen über ihn hinweg, als wäre er ein Hund.

Hier kommen wir zum nächsten Punkt der Geschichte, zu meiner Schulzeit.

6.

Trotz der Schwierigkeiten, die ich mit meiner Familie hatte, war ich ein guter Schüler. Ich weiß nicht warum, aber irgendwie begreife ich manche Dinge schneller als andere. Es reicht, wenn ich dasitze und den Lehrern zuhöre. Manchmal, wenn ich darüber nachdenke, male ich mir ein Bild aus, von Gott, wie er über mir steht, auf mich zeigt und sagt: »Larry, du hast zwar einen besoffenen Vater, der für den Tod deiner Mutter verantwortlich ist, aber dafür wirst du gut in der Schule sein.« Eine Art Ausgleich sozusagen. Mir half es. Ich will mir nicht ausmalen, was gewesen wäre, wenn ich auch noch die Schule verbockt hätte. Dann hätte ich gleich in die Gosse gehen und Steine zählen können.

Kaum Rückhalt in der Familie, der Tod der Mutter, ein saufender Vater und dann noch keinen Abschluss. Das ist der Lebenslauf eines versifften Callboys, wenn Sie mich fragen.

Glücklicherweise war es anders. Denn ich war gut und auch beliebt. Zumindest damit hatte ich keine Probleme. Leider behielt dieses Prinzip nicht für alle Wirkungskraft.

Einer in meiner Klasse, es war die zehnte Stufe, war ein recht umgänglicher Typ. Er war 15, etwas eingebildet, aber dennoch freundlich. Sein Name war Corden. Und Corden hatte nur ein wirkliches Problem: Er sah einfach nicht gut aus. Das war leider so. Er hatte diese abfallende Nase, ohne Halt, die aus dem Gesicht ragte wie eine klägliche Wurst. Die

Augen tiefliegend und winzig. Die grellen Haare wild auf dem Kopf verteilt. Er erinnerte mich an ein mehrteiliges Puzzle, dessen Teile man verstreut und falsch zusammengesetzt hatte.

Mich störte das nicht besonders. Ich beurteilte Menschen nicht nach ihrem Aussehen. Tue ich auch heute nicht, aber die anderen, die haben das getan. Die haben ihn richtig schikaniert. Und wenn sie das nicht taten, dann ignorierten sie ihn, was etwa genauso schlimm war.

Corden hatte kein einfaches Leben. Schuld waren die anderen. Auf der Treppe wurde ihm ein Bein gestellt. Auf der Toilette sperrte man ihn ein und machte das Licht aus. Auf dem Pausenhof bekam er den ersten Schneeball ab. Lief er durch einen Gang, wurde er angemacht. Einer schrie ihn so laut an, dass er anfing zu weinen. Er rannte davon und stürzte, als ihm jemand ein Bein stellte und er mit voller Wucht auf den Steinboden knallte.

Die Lehrer waren natürlich zur Stelle, aber was brachte das? Denn davon wurde nichts besser. Corden wusste das. Manchmal kam er gar nicht. Oder er war krank.

Mehrere Wochen später hatten wir ein Präventionsseminar an der Schule. Solche Einheiten, in denen die Schüler über den Missbrauch von Drogen oder Alkohol aufgeklärt werden oder Informationen über Amokläufe und Mobbing erhalten.

Wir saßen in der Klasse, etwa 30 Schüler, und starrten

gelangweilt nach vorne, während die Lehrerin im bunten Herbstrock auf und ab ging und etwas über das Prinzip der Prävention berichtete. Irgendwann kam sie zum Thema Amoklauf. Ein brisantes Thema. Im Grund sollte es jeden kümmern, da es so aufwühlend ist. Zudem verknüpfte sie das Thema mit Mobbing und seinen Folgen. Ruckartig drehten sich die Köpfe nach hinten und alle betrachteten Corden, der am Rand saß und etwas auf seinen Block kritzelte. Corden sah hoch und erwiderte die Blicke.

Keiner sagte etwas – außer der Lehrerin, die keine Ahnung hatte, warum alle den Kopf gedreht hatten. Sie redete einfach weiter und unterbrach sich nicht. Ich wusste, warum sich alle umgedreht hatten. Die anderen auch und Corden wusste es auch. Er saß da, starrte nach vorne und presste die Lippen zusammen, in der Weise, als würde er etwas zerkauen. Er sah traurig aus. An diesem Tag habe ich mich geschämt. Nicht für mich, sondern für die anderen. Es war eine Sache, einen Menschen tagtäglich zu drangsalieren und Gefallen an mentaler Zerstörung zu finden, aber ihm das Potenzial eines Mordes zu unterstellen ist zu viel. Eine Freundin sagte mir später, dass Corden auf der Toilette geweint habe. Tatsächlich habe ich ihn später noch gesehen. Mit roten Augen.

Viel getan habe ich nicht, um Corden zu helfen. Eigentlich gar nichts. Ich war der Teil der Versammlung, der zwar ein schlechtes Gewissen hatte und wusste, dass es falsch war, aber auch der, der keinen Mut hatte, sich einzumischen. Wenn die

Meute kam und Corden bedrängte, stand ich da, sah zu, schüttelte den Kopf, aber ich half ihm nicht. Merkwürdigerweise erwartete Corden das auch nicht. Es war, als ob er das Mobbing als eine persönliche Sache betrachtete, die nur ihn etwas anging.

Wenn ich heute nachdenke, sehe ich das natürlich anders. Heute würde ich wohl einschreiten. Habe ich auch schon gemacht. Aber es ist schwierig, wenn man jünger ist und keinen Mumm in den Knochen hat. Das kommt immer erst mit zunehmendem Alter.

Mit dem Alter kommt die Weisheit oder so, Sie kennen das ja.

Mit achtzehn Jahren und einem Abiturschnitt von 1,4 in der Tasche traf ich die endgültige Entscheidung, meinen Vater zu verlassen. Es war keine Sturzgeburt, sondern eine langsame, aber stetig voranschreitende Abfolge von Gedanken, die auf dieses Ziel hingearbeitet hatten. Bereits nach dem Tod meiner Mutter war ich oft bei Freunden gewesen und hatte bei ihnen übernachtet. Zeitweise war ich tagelang nicht zu Hause, wobei ich meinem Vater immer eine Nachricht hinterließ, damit er wusste, wo ich abgeblieben war.

Auf diese Weise hielt ich mir Prügel vom Hals, die er mir angedroht hatte, sollte ich abtauchen und nicht mehr wiederkehren. Bei Treffen oder Filmabenden war ich immer zur Stelle. Eine Verabredung, eine Party oder Feier – ich war da. Ein Wochenendausflug mit Zelten – ich kam. Ich tat es, damit ich von zu Hause wegkam. Ich wollte so wenig Zeit wie möglich mit meinem Vater verbringen oder in seiner Nähe sein. Allein seine bloße Präsenz machte mich wahnsinnig.

Manchmal ging ich hinaus in den Wald oder auf das Feld. Ich lief mit den Stöpseln in den Ohren herum und hörte Musik von ZZ Top oder Metallica.

7.

Mit 18 und meinem Abi in der Tasche war ich in der Lage, den nächsten Schritt in der Kette meiner Planungen abzuhaken. Am Tag der Zeugnisvergabe ging ich nach Hause – mit etwas Stolz in der Brust – öffnete die Tür, sah meinen Vater am Tisch sitzen und knallte ihm das Dokument vor die Nase. Er sah es an, mit großen, müden Augen, zog die Stirn kraus und überflog die Noten.

Er sagte zuerst nichts.

Nicht, dass ich das erwartet hätte. Ich weiß nicht mal, wieso ich es ihm gezeigt habe. Mir war klar, dass er sich nicht dafür interessierte – das hatte er noch nie getan –, aber ich legte es ihm trotzdem vor. Vielleicht um das Gefühl der Genugtuung zu beruhigen, das ich empfunden hatte, als mein Name unter den Besten der Schule aufgetaucht war. Um meinem Vater zu zeigen, dass er unrecht hatte, dass ich doch besser war, als er dachte.

Er nahm das Dokument und warf es mir entgegen. Dann stand er auf, rülpste und schritt zum Kühlschrank. »Was willst du jetzt hören?«, fragte er mich. Er öffnete den Schrank und inspizierte die wenigen Flaschen. Ich musterte ihn düster. Ein Gedanke kam mir in den Sinn: Wenn ich jetzt den Kerzenhalter nehmen und ihn meinem Vater über den Kopf donnerte, würde niemand sein Verscheiden bemerken. Seine Eltern – meine Großeltern – waren lange tot und er war nie so eng mit jemandem befreundet gewesen, dass diese Person angerufen und gefragt hätte: »Hey Larry, wie geht es deinem Dad, ist alles klar bei der ollen Schraubenmutter?«

Das gab es nicht. Also wäre es nicht weiter aufgefallen.

Natürlich tat ich es nicht. In einem Traum sehe ich mich aber noch hinter ihm stehen, das Zeugnis in der Hand, wie ich den Kerzenhalter anstarre: Ich nehme ihn, hebe ihn über den Kopf und haue ihn meinem Vater so fest auf das Haupt, dass er krächzt und leblos zu Boden sinkt.

Dann analysiere ich meine Gefühle: Was denke ich, wie fühle ich mich, geht es mir gut?

Jedes Mal stelle ich fest, dass es mir sogar besser geht. Ich habe keine Schuldgefühle, keine Scheu oder Angst. Sie glauben vielleicht, ich wäre nicht ganz normal. Aber denken Sie, was Sie wollen, Sie haben nicht erlebt, was ich erlebt habe. Dieser Mann war ein Monster. Ein Dreckstück.

Ich tat also nichts, sondern verharrte regungslos, das Dokument in den Händen. »Eigentlich nichts«, antwortete ich aufrichtig. »Ich bin jetzt mit der Schule fertig.«

Ich kehrte ihm den Rücken zu und ging die Stufen hinauf, da fuhr er herum, schleuderte die angebrochene Sektflasche im hohen Bogen durch die Wohnung und ließ sie mit einem lauten Krachen über mir gegen die Wand prallen. Ein Hagel an Scherben und Glas ging über mir nieder. Ich sank auf die Knie, die Hände über dem Kopf, und versuchte, mein Gesicht zu schützen. Die gelbe Flüssigkeit tropfte mir in die Haare.

Ich blickte zu meinem Vater.

Ich war vollkommen aufgelöst.

Er stand da, die Hände zu Fäusten geballt, und sah mich hasserfüllt an. »Hältst du dich für etwas Besseres?«, fragte er. Er kam auf mich zu. Ich bereitete mich vor, in mein Zimmer zu flüchten und die Tür abzuschließen, jedoch blieb er am Tisch stehen und kam nicht näher. »Dass du besser bist als ich?«

Das bin ich, dachte ich, aber ich sagte es nicht. Warum auch? Am Ende wäre er auf mich losgegangen, und darauf hatte ich keine Lust. Ich schwieg, stand da und starrte ihn einfach nur an. Ich genoss das Gefühl der Abneigung, das durch meinen Körper zirkulierte. Es war elektrisierend.

Mein Vater schnaufte. »Du bist genau wie deine Mutter. Zu nichts zu gebrauchen.« Dann drehte er sich um und schritt zurück zum Kühlschrank.

Ich sah ihn an und zeigte ihm den Stinkefinger. Es tat gut. Echt praktisch, dass irgendwer dieses Zeichen erfunden hat. Darin steckt so viel Bedeutung, dass es mehrere gut formulierte Sätze ersetzt. Jeder weiß, was gemeint ist, und jeder kann etwas damit anfangen.

Am Abend setzte ich mich vor meinen PC und ging die Details durch, die ich zusammengetragen hatte, um meinen Plan in die Tat umzusetzen. Ich tätigte ein paar Anrufe, prüfte die nächste Bahnstrecke und packte meine Reisetasche.

Ich tat alles rein, was ich brauchte, und noch ein bisschen mehr. Mein Gedanke war, dass ich so viel wie möglich mitnehmen musste, denn ich beabsichtigte, nicht zurückzukehren.

Gegen 23 Uhr trat ich aus dem Zimmer und schleppte den Koffer hinunter.

Mein Vater saß am Tisch und schlief. Die Deckenleuchte brannte und aus dem Hahn tropfte Wasser. Er lag mit dem Kopf auf dem Tisch. Den rechten Arm nach unten gereckt, am Hals einer leeren Wodkaflasche. Zwei weitere lagen zu seinen Füßen. Er schnarchte laut. Ich sah ihn an, ein letztes Mal, und prägte mir dieses Bild ein. Das war mein Vater. Der Mensch, dem ich neben meiner Mutter am meisten zu vertrauen hatte.

Dann ging ich hinaus in die kühle Abendluft des endenden Tages. Es war frisch. Die Wolken standen am Horizont und durch das matte Blau schlängelten sich die Muster aus schwarzen und grauen Farben, die wie Schatten zwischen den Häusern und Mauern hervorstachen.

8.

Ich war froh, dass mein Koffer Rollen hatte. Am Bahnhof setzte ich mich auf eine Bank und wartete. Ich war nicht müde, auch wenn ich erschöpft war. Die Aufregung dominierte und ich empfand ein Gefühl von Umtriebigkeit.

Ich war schon oft allein unterwegs gewesen – besonders nach dem Tod meiner Mutter –, aber so etwas wie diese Reise ohne Wiederkehr hatte ich noch nie gemacht.

Der Zug fuhr um 23:34 Uhr am Bahnhof West ein und steuerte mit direktem Ziel zum Hauptbahnhof in der Mitte der Stadt. Ich war der Einzige, der einstieg. Der Zug war nicht voll. In dem Abteil, das ich betrat, saßen drei Personen verteilt auf ihren Plätzen. Der eine las, die andere hörte Musik und ein Obdachloser starrte betrübt aus dem Fenster und betrachtete die eindringliche Schönheit der nebligen Nacht.

Ich setzte mich in eine freie Sitzreihe, steckte meine Kopfhörer ein und überdachte das weitere Vorgehen. Meine Route war in zwei Abschnitte unterteilt. Zuerst wollte ich vom Hauptbahnhof in Fulda umsteigen und Richtung Frankfurt fahren, wo ich bleiben und übernachten würde. Am Morgen würde ich dann weiter nach Mannheim fahren.

Shelly, meine Freundin, die ich vor drei Jahren bei einem Zeltausflug der Handballmannschaft kennengelernt hatte, in der ich fünf Jahre gespielt hatte, hatte zugesagt, mich in ihrer Wohnung aufzunehmen und übernachten zu lassen.

Sie war 22, studierte katholische Theologie in Frankfurt und lebte allein im Dachgeschoss eines Mehrfamilienhauses in der Nähe des Bahnhofs.

Ich kramte mein Handy aus der Tasche und schrieb ihr, dass ich auf dem Weg sei. Dann verschränkte ich die Arme und schloss die Augen. Die Musik prasselte auf mich ein und ließ mich abtauchen in eine Welt der Träume und frohen Erwartungen.

Am Hauptbahnhof stieg ich aus und wechselte den Zug. Trotz der Tageszeit war der Bahnhof gut besucht und von zwielichtigen Gestalten bevölkert, die allesamt ein anderes Ziel verfolgten. Ich setzte mich in das Abteil und schloss die Augen. Die Fahrt ging jetzt Richtung Frankfurt und dauerte eine Stunde. Ich döste ein, und als ich erwachte, saß eine ältere Dame mit Locken neben mir, die mich durch ihre Brillengläser betrachtete und unverhohlen lächelte.

Ich nickte ihr zu und schlief weiter.

Als ich das zweite Mal erwachte, war es durch das Klingeln des Weckers, den ich vorsichtshalber gestellt hatte.

Ich fuhr hoch und sah mich um.

Die alte Frau war nicht da. Später stellte ich fest, dass auch die Barschaft meines Portmonees verschwunden war, aber ich hatte noch mal Glück gehabt. Die Schabracke hätte auch das ganze Ding einstecken können und in meinem Koffer hatte sie erst gar nicht nachgeschaut, sonst hätte sie womöglich auch den Rest des Geldes gefunden, das ich deponiert hatte. Insgesamt hatte sie vierzig Euro mitgehen lassen.

Sachen gibt es, nicht wahr?

Shelly erwartete mich am Bahnhof. Sie sah gut aus, auch für die späte Uhrzeit. Ihre dunklen Haare wallten ihr um die Schultern. Sie roch nach Zimt und lächelte fröhlich, als sie mich sah. Wir umarmten uns und gingen gemeinsam zu ihrer Wohnung.

Shelly wusste, dass ich meinen Vater verlassen hatte. Ich hatte es ihr gesagt.

9.

Die Wohnung war nicht groß, aber ausreichend. Sie bestand aus einer Küche, einem kleinen Wohnbereich und einem Schlafzimmer. Ich sollte das Sofa im Wohnzimmer bekommen, was mir ausreichte. Shelly fragte mich, ob ich Lust auf ein Glas Wein hätte – zur Begrüßung sozusagen – und ich hatte nichts dagegen.

Wir saßen am Tisch, jeder ein Glas Wein in den Händen, und redeten lange. Ich erzählte Shelly, was passiert war. Nicht alles, versteht sich. Zwar mochte ich sie, aber ich sah keinen Grund, meine gesamte Familientragödie offenzulegen. Jedoch gab ich Anhaltspunkte, die ihr eine Idee davon vermittelten, was mich zu meiner Flucht getrieben hatte.

»Das ist ja furchtbar«, sagte sie und rückte näher zu mir, »der eigene Vater.« Sie sagte das mit diesem Ton, der verlauten ließ, dass sie es nicht fassen konnte.

Wir leerten die Flasche und legten uns schlafen. Ich blieb noch eine Weile wach, die Arme auf der Brust gefaltet, und überlegte, ob das wirklich die richtige Entscheidung gewesen war. Die Sache mit der Flucht und dem Ausbruch barg Risiken und das Potenzial zu scheitern. Ich hatte Angst, dass mich das Schicksal dazu verdammen könnte, zu meinem Vater zurückzukehren und ihn anbetteln zu müssen, mich wieder einziehen zu lassen.

Auch wenn mich dieser Gedanke belastete, bestärkte er mich auch in meinem Vorhaben. Ich erinnerte mich an das Versprechen, das ich meiner Mutter gegeben hatte. Hinsichtlich der Eigenständigkeit, der

Verantwortung für mich selbst. Ich wollte die Sache durchziehen und ich war fest entschlossen.

Mein Zug fuhr um die Nachmittagszeit, gegen 15 Uhr. Ich erwachte um zehn, machte mich fertig und frühstückte mit Shelly.

Ich saß in der Küche, sie stand am Herd und machte Rührei. Während sie sich um die Eier kümmerte, prüfte ich mein Telefon und sah, dass mein Vater dreimal angerufen hatte. Er hatte mir auch eine Sprachnachricht hinterlassen. Ich tat, als müsste ich zur Toilette, und spielte die Nachricht ab. Mein Vater war zornig. Er brüllte in den Hörer und machte mir Vorwürfe. Zudem sprach er wüste Drohungen und Beschimpfungen aus – dass er die Polizei rufen und mich festnehmen lassen würde. Dass er mich enterben und mir eine verpassen würde, sollten wir uns über den Weg laufen. Ich lauschte seinen Ausführungen gleichgültig. Als er fertig war, löschte ich die Nachricht und ging zurück.

Shelly versuchte das Rührei zu wenden. Sie schwang die Pfanne und beförderte die gelbe Masse in die Luft. Sie glitt hinauf und landete an der Pfannenkante, sodass sich ein Großteil über den Boden verteilte. Shelly stöhnte enttäuscht und stellte die Pfanne ab. Als sie mich in der Tür bemerkte, begann sie zu lächeln, und als ich zu lachen begann, stimmte sie mit ein.

So standen wir da, lachten und hatten Tränen in den Augen.

Wir machten neue Eier und aßen zusammen. Shelly

war traurig, dass ich nur für diese Nacht blieb. Sie hätte sich gewünscht, dass ich noch einen weiteren Tag bliebe, denn dann hätte sie mir die Stadt gezeigt. Ich konnte ihren Schmerz nachvollziehen. Am liebsten wäre ich auch geblieben, aber ich musste weiter. Mein Weg war noch nicht zu Ende und ich hatte mein Ziel vor Augen.

Wir räumten das Geschirr weg und ich bereitete meinen Koffer vor.

Für die restlichen Stunden, saßen wir im Wohnzimmer und redeten. Draußen wehten Wolken vorbei. Es sah nach Regen aus, aber Shelly meinte, dass das öfters vorkäme und meistens nicht zum Ausbruch führte. Sie sollte recht behalten.

10.

Gegen 15 Uhr verließ ich die Wohnung und stapfte zum Bahnhof. Shelly begleitete mich. Auf dem Gleis nahm sie meine Hand und schenkte mir eine Umarmung.

»Komm mich mal wieder besuchen«, sagte sie und gab mir einen Kuss auf die rechte Wange. Ich war leicht verlegen. Die wenigen Stunden, die wir miteinander verbracht hatten, hatten uns einander nähergebracht. Bei mir bestand kein Zweifel: Shelly war eine wahre Freundin.

Ich erinnerte mich an das Zeltlager, wo wir uns kennengelernt hatten. Es war Zufall gewesen und eine peinliche Situation obendrein. Nach drei Bier war ich hinter einen Baum geflüchtet, um mich zu erleichtern. Das Bier kam mit Wucht aus mir heraus und besprühte Schuhe und Socken sowie den Baum und das umliegende Gras. Hinter mir führte der Weg tiefer in den Wald. Mir war nicht aufgefallen, dass Shelly, die ebenfalls gut gebechert hatte, sich hinter einem Gebüsch niedergelassen hatte. Wir wurden etwa gleichzeitig fertig und trafen uns auf dem Rückweg.

»Hey?«, fragte sie. »Hast du gespannt?« Dabei lächelte sie. Ich verneinte und merkte an, dass ich auch hatte pissen müssen. Und wie es so ist, kamen wir uns näher. Wir unterhielten uns, sprachen über die Schule, die Familie, dann über Filme, Bücher und die anderen Dinge, über die man so redet. Wir freundeten uns an und beschlossen, dass wir uns mal besuchen würden, sobald es ginge.

Mit meinem Besuch bei ihr hatte ich diesen Teil sozusagen erfüllt. Shelly würde den ihren nicht so leicht erfüllen können, was nicht an ihr lag, sondern an mir, da ich von zu Hause geflohen war. Ich versprach ihr aber, dass sie mich in meiner neuen Heimat besuchen könnte. Ich würde zwar kein großes Haus haben, sagte ich, aber es würde hoffentlich reichen.

Ich verabschiedete mich und stieg in den Zug. Am hellen Tag und zur späten Mittagszeit war es voller als abends. Ich zwängte mich in eine Sitzreihe, neben einen Mann, der mehr Platz einnahm, als für eine Person vorgesehen war. Er sah mich an, mit Augen, die tief in den Höhlen lagen. Ich lächelte ihm zu, als würde ich sagen: »Die Sitze sind für alle da, Kollege - steh drüber.« Und machte meine Musik an.

Einen Vorteil hatte der volle Zug: Diesmal wäre es schwieriger für eine alte Frau mit Lockenhaaren, einem schlafenden Jugendlichen seine Brieftasche zu entwenden. Mit diesem Gedanken, dem Gefühl von Sicherheit, machte ich ACDC an und beschloss ein wenig zu dösen. Der Zug fuhr los und ich verschwand in einer Woge aus Träumen, grünen Tälern, Häusern, die wie Raumschiffe aussahen und zwischen denen ich flog wie ein Flugzeug.

Ich erwachte durch den Wecker, den ich mir gestellt hatte. Zehn Minuten vor der Ankunft. Es war gewöhnungsbedürftig, denn als ich die Augen aufschlug, schlief der Mann neben mir und auf dem

Gang standen Menschen in einer langen Schlange. Offenbar hatte sich der Zug weiter gefüllt, während ich geschlafen hatte. Der Zugführer verkündete die Ankunft in Mannheim in wenigen Minuten. Ich sah hinaus und erkannte die ersten Häuser und Stadtareale. Mannheim. Ich hatte es geschafft. Jetzt war es an mir, die restlichen Dinge zu erledigen. Darunter jede Menge Bürokratie. Erneut sah ich auf mein Handy.

Mein Vater hatte eine Nachricht gesendet. Sie bestand aus verschrobenen Wortkombinationen, die nur ein Mann unter starkem Alkoholeinfluss geschrieben haben konnte.

Ich löschte zuerst die Nachricht und dann den Kontakt meines Vaters aus der Liste. Ich hatte kein schlechtes Gewissen, als ich das tat. Mitten im Zug, auf der Fahrt in ein anderes Leben, war mir mein Vater noch fremder, als er es ohnehin gewesen war. Als wäre er eine andere Person, die nichts mit mir zu tun hatte. Diese Einstellung ließ mich meine Entscheidung verkraften.

11.

Der Mannheimer Hauptbahnhof war genauso groß und umfangreich wie der Bahnhof in Frankfurt. Überstall standen Züge. Menschen liefen auf und ab. Es roch nach Gummi und Brezeln. Durchsagen fluteten die Korridore und das Gedränge an den Treppen und Liften war nervenaufreibend.

Durch meine Recherchen und Vorbereitungen wusste ich, wohin ich musste. Mein erstes Ziel führte direkt an die Universität, an der ich mich für einen Studienplatz im Fachbereich Mathematik beworben hatte. Ich hatte die Zusage erhalten, war aber verpflichtet, persönlich zu erscheinen, um etwaige Formalitäten zu klären.

Vom Hauptbahnhof konnte ich laufen und pendelte an den Geschäften und Häusern vorbei zur Studentenzentrale, die Teil eines gewaltigen Komplexes war. Das Gelände selbst sah wie der primitive Abklatsch der Anlagen von Versailles aus. Sehr groß und weitflächig. In der Mitte befand sich ein freies Areal mit grünen Grasebenen und Wasserbecken. Es glitzerte ästhetisch. Gegenüber befand sich der Zugang zur Universität. Ein roter Rathausbau – das Barockschloss aus dem 18. Jahrhundert, das an der Spitze über eine übergroße Uhr verfügte. Ich verweilte am Rand, da mich die Aussicht auf die Gegend faszinierte. Es war umwerfend und ich fühlte wieder diese Nervosität, die nicht durch Angst oder Sorge geprägt war, sondern durch Freude.

Ich sah andere Studenten, die mit Rucksäcken durch die Gegend flanierten, sich in Gruppen unterhielten oder andere Dinge taten. Manche lasen Bücher, andere rauchten. Euphorie packte mich. Ich rollte meinen Koffer zum Eingang und betrat das Gebäude.

Drinnen war es kühl. Alles sah modern und ordentlich aus. Schilder wiesen den Weg zu den Etagen und Räumen. Studenten standen verteilt. Der Geruch von Büchern und Kreide lag in der Luft.

Ich orientierte mich an den Richtungshinweisen und bog nach rechts in einen schmalen Gang ein. Tatsächlich dauerte es, bis ich den richtigen Raum fand. Zwischenzeitlich mussten mir ein paar Studenten helfen, die ich höflich ansprach und die mir die Richtung wiesen.

Im Sekretariat, in dem zwei Damen an Schreibtischen arbeiteten, wartete ich, bis ich drankam. Als mich die dunkelhaarige aufrief, stellte ich mich ans Pult und erklärte ihr, weshalb ich gekommen war. Die Sekretärin, eine Frau Inris mit knallroter Weste und roten Lippen, nahm meine Dokumente entgegen und tippte etwas in den Computer. Hinter mir füllte sich der Raum und ich sah andere mit denselben Unterlagen, die folgsam warteten. Die Frau stellte die Papiere fertig und ich war froh, als sie nichts zu bemängeln hatte und nichts fehlte. Sie reichte mir ein Dokument, das meine Einschreibung für das Sommersemester 2017 im Fach Mathematik beglaubigte, und ließ mich an einer Stelle unterschreiben. Dann reichte sie mir die Hand.

»Glückwunsch, Herr Silling. Sie sind offiziell eingeschrieben. Viel Freude im Studium.« Ich dankte und machte mich davon. Die Schlange reichte mittlerweile bis auf den Gang.

Mein nächstes Ziel stand fest und es war der schwierigere Teil. Dachte ich zumindest. Denn jetzt musste ich eine Wohnung finden, in der ich unterkommen konnte. Schließlich konnte ich nicht unter einer Brücke leben.

12.

Mein Weg führte mich zu den Straßenbahnen. Ich stieg in die nächste und ließ mich zwei Stationen weiter bringen. Es war knapp, denn kurz bevor ich ausstieg, war ein Schaffner eingetreten, der die Fahrkarten kontrollierte, und ich hatte vergessen, mir ein Ticket zu kaufen. Während der Fahrt war er schrittweise in meine Richtung gekommen. Panik hatte mich gepackt, da ich nicht vorhatte, 50 Euro zu zahlen. Glücklicherweise war die Bahn aber schneller als der Kontrolleur gewesen, sodass ich aussteigen konnte, ehe er mich erwischte.

Mitten in der Stadt, umgeben von pendelnden Menschen und zahlreichen Geschäften, folgte ich der Navigations-App meines Handys zur Dr. Nordhaus-Tannen-Straße, wo ich einen Termin mit dem Vermieter einer kleinen Zwanzig-Quadratmeter-Wohnung hatte.

Endlich fand ich das Haus und klingelte. Es dauerte eine Weile. Ich verharrte geduldig, den Koffer neben mir und mein Handy in der Hand. Immerhin hatte ich guten Empfang, das war wie ein Leuchten in der Dunkelheit.

Ich klingelte erneut und hörte Schritte. Ein Schlüssel wurde gedreht, ein Riegel zurückgeschoben und die Tür ging auf. Dahinter erschien ein freundlich aussehender älterer Herr mit Halbkranz und einem karierten Hemd in der Hose. Er hatte einen Bierbauch, warme Augen und mehrere Bartstoppeln, die ihm über den Hals wuchsen. Ihm folgte ein stechender

Geruch nach alten Kisten und Holz.

Er reichte mir die Hand. »Sie müssen Herr Silling sein«, sagte er erfreut und umschloss meine Hand mit seiner.

Ich nickte. »Jawohl.« Ich war erleichtert, dass es sich bei meinem Vermieter um eine einsichtige Person handelte, die den Anschein von Kompromissbereitschaft erweckte.

»Schön, Sie zu sehen. Mein Name ist Ferdinand Pelvers«, meinte er. »Kommen Sie doch rein.« Er trat zurück und zeigte ins Innere. Die Wände waren weiß. Es hingen ein paar Bilder daran, teilweise in Schwarz-Weiß, die Portraits und Landschaftsaufnahmen zeigten. Auf jedem befand sich an der unteren rechten Ecke ein Datum. Von der Decke hingen Kronleuchter. Der Boden war aus Holz. Es knarzte, sobald ich einen Schritt auf eine Diele setzte.

Hinter mir machte mein zukünftiger Vermieter die Tür zu. Ferdinand navigierte mich an ein paar Räumen vorbei, die unbewohnt wirkten und in denen sich Tische und Stühle befanden. Es war ein Gasthaus. Das Gasthaus *Zur spielenden Harfe.* Ich wusste das, da Ferdinand entsprechende Angaben im Internet gemacht hatte. An einer Holztreppe, die nach oben führte, blieb ich stehen.

»Kommen Sie«, bat Ferdinand. »Ich führe Sie in Ihr Zimmer.« Er ging voraus. Da ich den Koffer trug, fiel es ihm leichter, die Stufen zu erklimmen, als mir. Oben machte der Gang eine Biegung und führte an weiteren Türen vorbei, die allesamt verschlossen waren.

Der Geruch nach Tapete und frischer Farbe wurde intensiver.

Ferdinand wählte die Tür ganz rechts und betrat die kleine Wohnung. Sie war nicht sehr groß, wie gesagt, aber anheimelnd, und sie besaß alles, was ich brauchte: Eine kleine Herdstelle, einen Schrank, ein Regal, ein Bett, einen Stuhl und einen Schreibtisch.

Ich war erleichtert, als ich das Zimmer betrat. Eine Last fiel von mir ab, da ich zwei Probleme mit einem Schlag aus der Welt geschafft hatte: Erstens die Immatrikulation an der UMA – der Universität, und zweitens die benötigte Unterkunft. Damit war ich in Mannheim angekommen und hatte meine Reise beendet.

An der hinteren Wand war ein Fenster, das gekippt war. Die Heizung links im Raum war gerade ausgeschaltet, weswegen es ein wenig kühl war. Ferdinand schloss das Fenster und drehte die Heizung auf. »Damit Sie es warm haben.« Er trat zur Tür.

Ich wandte mich ihm zu. »Was das Geld angeht …«, begann ich. »Ich …«

Er winkte ab. »Lassen Sie sich nur Zeit«, sagte er und trat auf den Gang. Er zögerte, drehte sich dann noch mal um. »Meine Frau und ich würden uns freuen, wenn Sie heute Abend mit uns essen würden. Falls Sie nichts dagegen haben?«

Das hatte ich absolut nicht. Es war sogar eine großartige Vereinfachung der Umstände, da ich dadurch nicht gezwungen war, mein Essen selbst zu besorgen. Ich nickte und er stapfte davon.

13.

Ich schloss die Tür und begann meine Sachen auszuräumen. Dabei ließ ich mir Zeit und machte es ordentlich, da ich wohl die nächsten drei Jahre hier verbringen würde – mindestens. Meine finanzielle Situation war nicht einfach und ich hatte keinen Elternteil, der mich unterstützt hätte. Also hatte ich Geld vom Staat beantragt und würde ab dem kommenden Monat circa 700 Euro erhalten. Eine Summe, die ich nach Ablauf des Studiums zurückzahlen musste. Mir war es recht. Immerhin bot es mir Unabhängigkeit und die Distanz zu meinem Vater, die ich brauchte.

Ein Blick auf mein Handy verriet, dass er sich nicht mehr gemeldet hatte. Er hatte es offenbar aufgegeben oder war zu betrunken, als dass er mir Nachrichten hätte zukommen lassen können. Ich verbannte ihn aus meinen Gedanken und legte mich auf das Bett. Es war frisch gemacht und ich hatte weder Kissen noch Decke selbst mitbringen müssen.

Während ich in der Düsternis des Raumes lag, überkam mich ein Gefühl von Glück. Kennen Sie das? Wenn Sie Wandern gehen und schließlich den Gipfel erreichen, der Ihnen Angst bereitet hat? So ähnlich ist das. Ich hatte die Reise beendet und war an meinem Ziel angekommen. Die geplante Flucht war geglückt und ich lebte noch – es ging weiter.

Drei Stunden später rief Ferdinand nach mir und bat mich zum Essen. Ich kam schnurstracks hinunter, denn ich hatte Hunger. Ferdinands Frau Maia, eine ältere Dame mit buntem Kleid und langen, grauen Haaren, reichte mir die Hand. Sie schien ebenso zutraulich und freundlich zu sein wie ihr Mann.

Ich erfuhr, dass das Gasthaus an diesem Tag geschlossen hatte und erst morgen öffnen würde. Ich würde vermutlich Geräusche hören und manchmal auch etwas Musik – ob mich das stören würde? Ich verneinte, denn mir war es gleich. Beim Zelten in der Wildnis hatte ich schon viele nervende Laute gehört, da würde mich ein wenig Musik nicht umwerfen.

Wir saßen in der Gaststube an einem der Tische. Es war dunkel, abgesehen vom Schein einer Kerze. Das Ganze hatte etwas von einem Date bei Mondschein oder so ähnlich. Das Essen war köstlich, Maia hatte gekocht. Sie ging zwischen der Küche und dem Tisch hin und her, reichte Gläser, füllte nach und holte das Essen. Es gab Lammkotelett mit Rotkraut und Kartoffelgratin, das sie selbst zubereitet hatte.

Wir unterhielten uns lange. Ich erzählte ein wenig von mir, aber die meiste Zeit redete Ferdinand und erheiterte uns mit Anekdoten über das Leben, die Zukunft und über das Golfen, das er schätzte. Es war ein Hobby von ihm.

Gegen 20 Uhr verabschiedete ich mich und stieg in mein Zimmer hinauf. Ich war so müde, dass ich gleich eingeschlafen wäre. Dennoch beschloss ich, mich erst zu duschen und fertig zu machen, da ich nicht verschwitzt in das frische Bett steigen wollte.

Die Dusche befand sich gegenüber, auf der anderen Treppenseite. Ich machte mich frisch und schlüpfte unter die Decke. Durch das Fenster leuchtete das Licht des Mondes herein. Es war schön und erfüllte mein Herz mit Ruhe.

Nicht lange, dann war ich eingeschlafen.

Sie fragen sich bestimmt, warum ich Ihnen das alles erzähle? Ich persönlich glaube, dass es wichtig ist, damit Sie verstehen, wie mein Leben verlief, und sich ein besseres Bild machen können. Vielleicht auch, weil ich will, dass Sie mir glauben und nicht denken, ich würde lügen. Es ist mir wirklich ernst damit. Es passiert noch eine Menge und ich möchte nicht, dass Sie sich langweilen, dennoch rate ich Ihnen, weiter zuzuhören, denn was jetzt kommt, ist wichtig. An dieser Stelle ist es auch das Beste, wenn ich persönlicher werde.

14.

Bis zu dem Zeitpunkt, als ich bei Ferdinand und seiner Frau eingezogen war, hatte ich keine richtige Freundin gehabt. Es war nicht so, dass ich nicht die Chance gehabt hätte – es hatte schon viele Möglichkeiten gegeben –, sondern eher, dass ich es nicht zugelassen hatte. Viele meiner Freunde hatten irgendwann eine Freundin gehabt. Zuerst war es die feurige Flamme auf dem Pausenhof gewesen, dann war der Sex gekommen, dann die Vorwürfe.

Ich hatte das weitgehend ertragen, einfach die Schultern gezuckt und mir nichts anmerken lassen. Jenen, die mir eng verbunden waren, hatte ich gesagt, dass ich nicht an einer Beziehung interessiert sei und es langsam angehen wolle. Die Folgen waren Gerüchte – bis hin zu dem Verdacht, ich sei schwul. Ein Gedanke, den ich, Gott sei Dank, hatte entkräften können. Ich bin nämlich nicht schwul, aber auch nicht so offen, was sexuelle Beziehungen angeht. Als ich nach dem Tod meiner Mutter darüber nachdachte, kam ich zu dem Schluss, dass vermutlich die verschrobene Beziehung zwischen meinen Eltern schuld an meiner Einstellung war. Ich fürchtete, dass ich Eigenschaften meines Vaters übernommen hätte. Dass ich so werden könnte wie er und gewalttätig wäre. Aus Angst, jemandem zu schaden, hatte ich mich geweigert, eine Beziehung einzugehen oder sie zuzulassen. Das gab mir Sicherheit und Ordnung und für eine Weile hatte ich nicht den Eindruck, mir würde etwas entgehen. Ich lebte, war mit meinen

Leuten unterwegs, ich trank, ich feierte, ich ging nach Hause. Ich vermisste nichts, was ich nicht wirklich kannte und nie erfahren hatte. Bis zu dem Zeitpunkt jedenfalls, als ich nach Mannheim kam. Ich weiß selbst nicht warum, aber es dauerte nicht lange, bis ich mir ernsthaft Gedanken über das Thema machte.

Die Frage bezog sich nicht nur auf Sex, sondern auch auf die Zukunft. Ich hatte nicht nur das Verlangen nach Spaß, sondern auch nach einer festen Bindung. Etwas Beständiges für die kommenden Jahre. Vermutlich spielte die Einsamkeit eine Rolle, denn einsam war ich wirklich. Ich kannte niemanden außer den Pelvers und die waren die meiste Zeit des Tages über beschäftigt. Außerdem waren sie älter als ich und ich hatte kein Interesse daran, sie zu belästigen. Der Wunsch nach der Interaktion mit anderen wurde dadurch stärker und ich beschloss, meine Situation zu ändern, meine Haltung anzupassen und mich zu öffnen.

Würde sich eine Möglichkeit ergeben, dachte ich, würde ich sie ergreifen. Sie verstehen, was ich meine? Ich wollte neu anfangen.

Drei Tage später begann die Uni und der erste Tag fing umständlich an.

15.

Den großen Raum – die Halle –, wo sich die Studenten für das Mathematikstudium trafen, fand ich zuerst nicht und kam mit Verspätung. Es war schon peinlich, wenn Sie bedenken, dass ich in einen Raum platzte, in dem circa 150 verschiedene Leute saßen und gebannt nach vorne auf die Bühne starrten, wo ein Dozent auf und ab ging und den Sinn und Zweck des Studiums vermittelte.

Natürlich waren alle Augen auf mich gerichtet, aber ich ließ mich nicht unterkriegen und flitzte zu einem freien Platz, auf den ich mich setzte und aufmerksam zuhörte. Ich war überrascht, wie viele Leute da waren. Jedoch wurde mir klar, dass nicht alle Anwesenden ihr Studium auch mit einem Abschluss beenden würden. Viele würden vorzeitig aufhören oder sich anderen Dingen widmen. Ich hatte schon von so was gehört.

Der Lehrer – ich bezeichne sie meistens so, Dozent hat sich bei mir nicht durchgesetzt – stand vorne und redete über Verschiedenes, Dinge, die nicht so wichtig waren. Darüber, welche Bedeutung Mathematik für die Zukunft habe, für die Forschung und welcher Stellenwert ihr im Alltag zukomme. Dennoch hörte ich zu und gab mir Mühe, meine Konzentration auf einem ausreichenden Niveau zu halten.

Neben mir saß ein Student, der sich Notizen auf einem Schreibblock machte. Er schien nicht älter zu sein als ich, hatte braune Haare und eine Brille auf der Nase sowie Sommersprossen im Gesicht. Ich sah ihm

zu und unsere Blicke trafen sich. »Hallo?«, flüsterte er.
Ich nickte.

»Auch neu?«, fragte er.

Die Frage erschien mir unsinnig, da wir uns beide in einer Vorstellungsrunde befanden, aber ich nickte trotzdem. Er reckte mir seine Hand entgegen. »Klaus«, sagte er. Ich erwiderte den Händedruck und stellte mich vor.

16.

Das war die erste Bekanntschaft, die ich in Mannheim machte. Klaus Ulot, ebenfalls 18, war auch Erstsemester in diesem Studiengang. Aus einer beiläufigen Geste der Neugier entwickelte sich eine innige Bekanntschaft, die sich zur Freundschaft steigerte. Ich war stolz, denn jetzt hatte ich jemanden gefunden, mit dem ich reden konnte, sodass ich nicht allein war.

Wir unterhielten uns während der Präsentation und verließen den Raum gemeinsam. Ich erfuhr, dass er aus dem Norden stammte, Richtung Kiel, und von dort nach Mannheim gekommen war, um hier zu studieren. Er lebte nicht weit von mir, in der Innenstadt in einem Studentenwohnheim und hatte dasselbe hingebungsvolle Interesse an den Strukturen der Mathematik, wie ich es hatte.

Am ersten Abend verabredeten wir uns in einer Kneipe.

Gegen 21 Uhr, als die Schatten der Nacht bereits durch die Straßen schlängelten, machte ich mich auf den Weg und traf Klaus vor der Kneipe *Chorus*, die einen Engel als Symbol hatte.

Wir gingen hinein und waren froh, dass wir Plätze fanden, da der Laden voll war. Musik erklang aus den Lautsprechern an der Decke, es wurde gelacht und geredet und die Kellner hatten Mühe, die Bestellungen zu den Tischen zu bringen, da es eng war.

Wir setzten uns an einen Tisch zu zwei Mädchen, die

uns einen Platz anboten. Zuerst verhielten wir uns noch wie zwei Pärchen am Flughafen, die sich zueinandergesetzt hatten. Dann kamen wir untereinander ins Gespräch. Sie hießen Helga und Bernadett, genannt Bernie, sie waren nett und sie studierten Medienwissenschaften im zweiten Semester. Ich bestellte eine Cola, dann noch eine und später ein großes Bier. Wir tranken zusammen, aßen ein paar Snacks und redeten drei Stunden miteinander. Helga mochte Vögel. Sie verbrachte einen Großteil ihrer Redezeit damit, über die verschiedenen Vogelarten zu philosophieren und darüber, welche Paarungsweisen sie bevorzugten. Offenbar spielte auch der Alkohol eine Rolle, denn sie trank etwa fünf Shots an dem Abend, dazu ein Bier und dann noch eine Wodka-Cola.

Ich fand es sehr unterhaltsam und hörte ihr gerne zu. Mein Alkoholpegel war zwar nicht so hoch, aber ich war angeheitert und freute mich, dass ich neben Klaus noch zwei weitere Personen gefunden hatte, mit denen ich reden und lachen konnte.

Um kurz vor zwölf beendeten wir unsere Unterhaltung, da wir früh aufstehen mussten, und verließen die Kneipe. Sie war nicht leerer geworden.

Draußen war es kühl und eine Mondsichel strahlte vom Himmel und erleuchtete das trübe Straßenbild. Wind wehte. Wir tauschten Nummern aus – was besonders Helga Schwierigkeiten bereitete. Sie lachte und gluckste, als ihr Handy herunterfiel und sie ihre Nummer nicht mehr auswendig aufsagen konnte.

»Kompfflett vergessen«, lallte sie und stützte sich auf ihre Freundin. Klaus und ich brachten sie zur Straßenbahn und setzten sie in den Wagen. Ich hatte Sorge, dass Bernie kotzen würde, aber sie konnte sich beherrschen und blieb bis auf ein paar lose Sprüche ruhig.

Danach verabschiedete ich mich von Klaus und ging nach Hause. Es war bereits spät. Zumindest wenn man bedachte, dass ich am nächsten Tag um acht Uhr an der Uni sein musste.

Ich betrat das Gasthaus – Ferdinand hatte mir einen Schlüssel gegeben –, ging die Stufen hinauf und machte mich fertig. Im Bett blieb ich noch wach und sah stur zur Decke. Ich dachte über meinen Vater nach, über mein Leben und die Frische dieser neuen Destination. Das war mein neues Leben, dachte ich und ich genoss diesen Gedanken. Es tat gut, etwas erreicht zu haben. Ich hatte einen Weg beendet und einen anderen Pfad eingeschlagen. Mal sehen, wohin er mich brachte.

Am Morgen wurde ich durch das Klingeln des Weckers geweckt. Die Sonne war noch nicht ganz aufgegangen, aber Licht durchflutete mein Zimmer.

Ich stand auf, duschte und ging in die Küche, die leer war. Maia und Ferdinand hatten mir am gestrigen Tag erlaubt, dass ich mir etwas zu essen holen konnte, wann immer ich wollte. Ich hatte mich bedankt und beschlossen, dieses Angebot nicht zu sehr auszureizen, da es zu großzügig war. Eigentlich hätte ich mich selbst um meine Versorgung kümmern müssen, da ich nicht in einem Hotel lebte – aber an diesem Morgen hatte ich noch nichts gekauft und ich hatte Hunger, weshalb ich das Angebot nutzte.

Ich aß eine Banane, einen Apfel und einen Schokoriegel, den ich in einem Schrank fand.

Dann verließ ich das Gasthaus und ging zur Straßenbahn.

Bereits zu dieser frühen Zeit war die Bahn voll. Überall drängelten sich Menschen. Es wurde geschubst und gebrüllt. Auf Tafeln, die an Masten aufgehängt waren, liefen Textfetzen, die die einzelnen Haltestellen ankündigten. Männer und Frauen eilten an mir vorbei. Manche trugen Taschen und waren in Mäntel gehüllt, andere standen nur da, rauchten, hörten Musik und ignorierten das hektische Geschehen. Ich wartete auf die Bahn und stieg ein. Es war müßig, da gefühlt 20 Leute mit mir einstiegen. Natürlich fand ich keinen Sitzplatz, was ich nicht schlimm fand. Immerhin hatte ich von Fulda bis hierher immer einen ergattert, sodass es wohl eine Art ausgleichende Gerechtigkeit darstellte.

17.

Während der Fahrt sah ich hinaus und prägte mir das historische Stadtbild ein. Die Häuser und Gebäude mit ihren runden Dächern, gewölbten Fensterbögen und gemusterten Deckenbalken, die schönen Blumenbeete und einzigartigen Brunnen, aus denen Wasser sprudelte, das konzentrisch angelegte Becken füllte. Der Himmel war blau. Es waren nur wenige Wolken zu sehen.

In der Nähe der Universität hielt die Bahn und ich stieg aus. Bereits aus der Ferne konnte ich Studenten ausmachen, die in Paaren, allein oder in Gruppen voranschritten. Ich folgte ihnen, wenngleich ich wusste, dass sie womöglich ein anderes Ziel hatten als ich.

Mein Weg führte mich zum Mathematikgebäude, einem Kastenbau mit weißem Dach und quadratischen Fenstern, dessen solide Außenwände von Graffitis und Schmierereien verschont geblieben waren.

Ich folgte ein paar Studenten, die auf dieses Gebäude zusteuerten, und betrat das Haus. Drinnen war es warm und es roch nach Plastik. An den Wänden hingen Plakate, die den analytischen Abbau statistischer Diagramme veranschaulichten. Türen säumten die Gänge zu beiden Seiten. Es gab drei Stockwerke. Ich kramte meinen Plan aus der Tasche und prüfte die Details. Raum 3.2b stand dort. Dieser lag im dritten Stock.

Als ich die Stufen hinaufschritt, summte mein Handy.

Es war Klaus, der fragte, wo ich bliebe. Ich traf ihn vor dem Saal und wir begrüßten uns mit freundschaftlichem Handschlag.

»Fast zu spät«, sagte er und grinste.

»Aber nur fast«, erwiderte ich. Wir betraten den Raum und setzten uns in eine der hinteren Sitzreihen. Es waren viele gekommen. Der Raum war gut gefüllt. Männer und Frauen – sogar Personen im fortgeschrittenen Alter, zwischen 30 und 40 Jahren, waren anwesend. Die meisten waren noch jung, etwa 18, wie Klaus und ich.

Vorne stand ein Tisch, dahinter, an der Wand, befand sich ein Monitor. Die Deckenleuchten waren grell, blendeten aber nicht. Eine junge Frau von vielleicht zwanzig Jahren setzte sich in unserer Reihe neben Klaus. Sie hatte schwarzes Haar, in das sie blonde Strähnen gewickelt hatte, rosige Wangen und ein aufmunterndes Lächeln. Sie wandte sich uns zu und sagte: »Hey.«

»Hey«, sagte ich.

»Hey«, sagte Klaus. Wir betrachteten sie eingehend, als wollten wir ermitteln, was sie als nächstes tun würde. In gewisser Weise taten wir das auch. Sie stellte ihre Tasche ab und holte einen Block heraus, dazu Stifte, Geodreieck und einen Zirkel. Dann begann sie die erste Seite mit Datum und Überschriften zu versehen. Sogar ihren Namen schrieb sie auf das Papier. Ich sah sie verstohlen an, wenngleich es offensichtlich war, dass ich sie anstarrte. Sie merkte es wohl, ignorierte mich jedoch.

Mit anmutigen Bewegungen legte sie ihr Lineal an und zog gerade Linien über das Blatt. Dieses Mädchen war schön und sie gefiel mir gut. Ich dachte, dass wir uns anfreunden könnten, als der Lehrer den Saal betrat.

Es handelte sich um einen älteren Mann mit grauem Jackett, grauem Pullover und roter Krawatte. In der Hand hielt er eine Aktentasche, die er auf dem Tisch deponierte. Die wuscheligen Haare hatte er nach hinten gekämmt und seine Brillengläser waren rund. Er schaltete das System hoch, legte das Jackett ab und begrüßte uns freudig. Dann stellte er sich vor und begann eine ausführliche Erzählung über das Studium der Mathematik, sein Leben, seine Familie und darüber, warum er sich für den Posten des Dozenten an einer Universität entschieden hatte. Er sprach so eintönig, dass ich Mühe hatte, meine Konzentration aufrechtzuerhalten. Es ist, als würden Sie einer Regenmelodie lauschen. Irgendwann dämmern Sie weg, da keine Unterbrechungen eintreten, die Sie hochfahren lassen könnten. Das macht es schwieriger.

Nach der Einleitung stiegen wir in die Thematik ein und die hatte es in sich. Ich war gut in Mathe und ich hätte diesen Studiengang nicht ausgesucht, wenn ich nicht gewusst hätte, dass er mir liegen würde – aber was wir am ersten Tag bearbeiteten, brachte auch mich ins Grübeln. Matrizenkalkül und gewöhnliche Differentialgleichungen. Hinzu kamen Abhandlungen über algebraische Strukturen, eine kurze Einsicht in

Modultheorie und Differentialgeometrie.

Nach zwei Stunden gab es eine kurze Pause. Dann kamen noch mal zwei Stunden, in denen wir den bisherigen Lernstoff vertieften. Nach vier Stunden reiner Mathematik beendete der Lehrer die Vorlesung und die Studenten eilten aus dem Saal. Ich war erschöpft und müde und hatte ein wenig von meinem Selbstvertrauen verloren. Klaus ging es ähnlich, auch wenn ihm vieles leichter gefallen war als mir. Er offenbarte mir, dass er sich vorbereitet hatte.

Wir verließen den Raum und gingen zum Mittagessen in die Kantine. Natürlich waren wir nicht die Einzigen. Die Kantine war gut besucht. Es gab ein breites Areal, das mit Tischen vollgestellt war. Drei Theken boten unterschiedliche Gerichte an, darunter mindestens ein vegetarisches. In Kühlschränken lagerten Getränke. Eine Salatbar stand in der Mitte. In Glasvitrinen waren Pudding und Eiscreme aufgereiht. Nichts davon war gratis, alles kostete Geld.

Wir bezahlten bar und suchten uns mit unseren Tabletts einen Sitzplatz. Am Rand fanden wir zwei Plätze. Der Tisch war zwar zum Teil besetzt, aber das störte uns nicht. Wir setzten uns gegenüber, aßen und redeten miteinander. Die neben uns – weitgehend Männer – redeten euphorisch über ein Fußballspiel, an dem sie wohl partizipiert hatten. Sie waren aufgeregt, gestikulierten wild und lachten ausgelassen. Erst als sie weg gingen, fühlte ich mich besser. Teilweise waren sie so laut gewesen, dass ich Klaus nicht mehr gehört hatte.

Durch Zufall entdeckte uns das Mädchen aus dem Hörsaal, das sich neben Klaus gesetzt hatte. Sie war auf der Suche nach einem freien Platz und navigierte sich und ihre Freundin zu uns.

18.

»Hey«, sagte sie.

»Hey«, erwiderte ich.

»Hey«, stimmte Klaus ein.

Ich beschloss, unsere Art der Kommunikation zu verändern. Die Einsilbigkeit ging mir gegen den Strich. Ich lächelte, als sich das Mädchen neben mich setzte. Ihre Freundin setzte sich neben Klaus.

»Wie heißt ihr?«, fragte ich und blickte sie erwartungsvoll an.

»Olivia«, antwortete das schwarz-blonde Mädchen aus der Vorlesung. »Und das ist Petra. Sie studiert Psychologie.«

»Ah.« Ich tunkte meine Gabel in den Salat und stellte mich und Klaus vor.

»War die Vorlesung nicht spannend?«, fragte Olivia. Ich konnte den Sarkasmus aus ihrer Stimme heraushören.

»Überragend«, antwortete ich. »Ich hätte Lust, noch mal vier Stunden zu machen.«

»Aber so was von«, fügte Klaus hinzu und schlürfte an seiner Suppe.

Olivia lachte. »Ja, da habt ihr recht.« Als Petra ihren Blick traf, fingen beide an zu kichern.

»Alles in Ordnung?«, fragte ich. Ich musste auch grinsen, da Olivia und Petra haltlos losprusteten, als hätte jemand einen Witz erzählt. Olivia beugte sich vor und deutete mit dem Finger auf eine Person, die an uns vorbeilief. Ich sah hin und erkannte unseren Lehrer, Professor Heiter, der mit einem Tablett durch die Reihen eilte und einen Platz suchte.

Olivia hatte Tränen in den Augen. »D-der Heiter ... sieht au-us wie ... Goofy.«

»Goooffy«, jaulte Petra und dann konnte sich Olivia nicht mehr auf dem Platz halten. Sie begann so laut zu lachen, dass sich die Studenten an den anderen Tischen umdrehten und uns mit fragenden Blicken musterten. Ich musste ebenfalls lachen, auch wenn es gar nicht lustig war. Ich sah Professor Heiter, der einen Platz gefunden hatte, und rief mir die Gestalt Goofys ins Gedächtnis. Die Mädchen hatten nicht ganz unrecht. Jedenfalls war es unterhaltsam.

»Guuuuoooofy«, rief Oliva. Sie hatte Mühe zu sprechen. Tränen liefen ihr aus den Augen.

»Oh Mann«, rief sie, als sie sich wieder beruhigt hatte. »Ihr müsst entschuldigen, aber so was flasht mich einfach.« Sie räusperte sich und kämmte sich die Haare aus der Stirn. »Hättet ihr Lust, Petra und mich später zum Café *Traumschlag* zu begleiten? Wir wollen uns dort mit ein paar Leuten treffen.«

Ich sah Klaus an und er mich.

Ich nickte. »Ja, klar. Oder, Klaus?«

»Ich habe nichts vor«, erwiderte er.

»Um wie viel Uhr?«

»In zwei Stunden, in der Innenstadt. Das Café ist nicht schwer zu finden, ist gleich neben dem Rathaus«, sagte Olivia und begann ihren Salat zu essen. »Hey.« Sie stupste mich in die Seite. »Ich freu mich, dass ihr Zeit habt. Das wird lustig.«

Ich betrachtete sie fasziniert. Von der besonnenen

Persönlichkeit im Unterricht, die fleißig mitgeschrieben und nicht viel gesagt hatte, war wenig übriggeblieben. Olivia war eine selbstbewusste Frau, die wusste, was sie wollte. Das beeindruckte mich.

Wir saßen noch eine Weile zusammen, redeten und sahen zu, wie sich die Anzahl der Studenten halbierte. Es war halb drei, als Petra aufstand und sagte, sie müsse jetzt nach Hause, um zu pennen. Sie sei zu müde. Ich konnte ihr nur zustimmen, denn auch ich fühlte mich ausgelaugt und fand, dass mir ein wenig Schlaf guttun würde. So gingen wir auseinander. Jeder in seine Richtung. Der Termin um 16 Uhr stand. Den Weg zum Café würde ich über meine Handy App finden.

Ich stieg in die Straßenbahn und fuhr zurück zum Gasthaus. Es war mühselig, nicht auf dem Sitz einzuschlafen. Mehrere Male überkam mich die Woge der Erschöpfung mit eiserner Kraft, sodass ich kämpfen musste, um nicht wegzudämmern.

Auf dem Weg von der Haltestelle zum Gasthaus machte ich Musik an, um mich abzulenken. Etwas ACDC und das Gebrüll von Brian Johnson halfen mir, wach zu bleiben.

Ferdinand und Maia waren dabei, das Gasthaus vorzubereiten. Sie säuberten die Tische, putzten die Stühle und bereiteten das Essen vor. Neben ihnen liefen Männer und Frauen in weißen Kitteln herum – die Köche und zwei in Schürzen gewickelte junge Damen, die offenbar kellnerten. Als ich am Hauptraum vorbeilief, hob Ferdinand die Hand und grüßte freundlich. »Na, alles in Ordnung, Herr Silling?«, fragte er. Ich hielt abrupt an. Eigentlich hatte ich gehofft, ich würde ungesehen vorbeihuschen können, aber das war mir wohl missglückt.

Ich wandte mich um und sagte: »Ja … danke, alles ist prima.«

»Haben Sie gut geschlafen?« Ferdinand wischte sich die Hände an einem Tuch sauber und musterte mich nachsichtig.

»Sehr gut sogar«, sagte ich. Und das stimmte.

Maia kam aus der Küche. Als sie mich sah, hob sie die Arme. »Aaahh, unser Lieblingsgast«, rief sie. »Wie geht es Ihnen?«

»Es geht ihm gut!«, antwortete Ferdinand für mich. An mich gewandt, sagte er: »Sie müssen entschuldigen. Es ist gerade etwas hektisch.«

Darauf sagte ich nichts. Stattdessen verbreiterte ich mein Lächeln und hob verständnisvoll die Hand.

»Wir wollen Sie gar nicht stören«, erklärte Ferdinand. »Sollten Sie was brauchen, melden Sie sich.«

»Mach ich.« Ich bedachte die beiden mit einem zuvorkommenden Kopfnicken und ging zur Treppe. Oben angelangt, machte ich meine Zimmertür zu und warf meine Umhängetasche in die Ecke. Ich hatte zwar Pflichten, darunter eine Matheaufgabe, die ich mir noch mal anschauen musste, da ich sie nicht ganz verstanden hatte - aber ich war zu müde.

Ich zog meine Schuhe aus und warf mich in voller Montur in die Decken. Als ich die Augen schloss, döste ich ein und war schlagartig weg.

19.

Ich hatte Glück, denn ich verschlief nicht und wachte 20 Minuten vor dem Treffen auf. Ich war so fertig, dass ich dachte, mir wäre ein Stein auf den Kopf gefallen. Mühsam rappelte ich mich auf und bereitete mich auf das Treffen vor. Ich zog eine meiner besten Jacken an und tauschte meine Turnschuhe durch ansehnliche Sneakers. Mit betretenem Gewissen, da ich keinen Blick in die Matheaufgabe geworfen hatte, aber einer leichten Vorfreude auf das Treffen verließ ich das Gasthaus. Den Weg konnte ich schnell zurücklegen und durch meine App lief ich nicht Gefahr, mich zu verirren.

Am Rathaus befand sich das Café. Es war ein anheimelndes Lokal im Erdgeschoss eines rot gestrichenen Gebäudes. Die Innenausstattung war rustikal, mit viel Holz. Es roch nach Kuchen, Kaffee und süßen Getränken. Schränke waren mit Kaffeepulver gefüllt. An einer Theke liefen Kellner und Baristas auf und ab. Ich sah junge Gesichter, offensichtlich Studenten. An einem großen Tisch in der hinteren Ecke sah ich Klaus und Olivia und wusste, dass ich richtig war. Sie hatten einen Platz freigehalten. Außer ihnen waren noch zwei Jungs und ein Mädchen da, die ich nicht kannte.

Als ich näher kam, sahen mich alle an und unterbrachen ihre Gespräche. Ich nickte ihnen zu und setzte mich auf den freien Platz.

»Wie geht's?«, rief Olivia. »Schön, dass du es geschafft hast. Ist alles gut?«

Ich konnte nicht antworten, denn gerade als ich ausholen wollte, wandte sie sich an die anderen und rief: »Das ist Larry, wir studieren zusammen Mathe.« Die anderen brummten. Einer der Männer, der mit dem schwarzen Bart und dem schmalen, kantigen Gesicht, reichte mir die Hand.

»Paul«, sagte er. »Informatik.« Ich erwiderte den Gruß. Der andere Typ, etwas breiter gebaut, mit glatten Gesichtszügen und blonden Haaren, war Alexandre aus Russland, der aber gut Deutsch sprechen konnte. Er studierte Theologie. Bevor ich gekommen war, hatten sie sich über russische Oligarchen und ihre Auswirkungen auf eine demokratische Gesellschaft unterhalten. Dieses Thema nahmen sie wieder auf, sobald wir uns vorgestellt hatten. Ich hörte zu und wog die verschiedenen Argumente ab. Politik interessierte mich nicht sonderlich und die russischen Verhältnisse schon gar nicht. Auch Klaus schien nicht viel davon zu halten, denn er verdrehte die Augen, als ich ihn mitfühlend betrachtete. Dummerweise bekam das Alexandre mit, der seinen Diskurs unterbrach und Klaus einen giftigen Blick zuwarf. »Das ist verdammt wichtig«, sagte er mit Akzent und einem rauen Klang in der Stimme. »Das geht dich auch was an!«

Klaus seufzte. »Natürlich.« Olivia feixte leise. Sie hielt sich eine Hand vor den Mund und kicherte.

Alexandre wandte sich ihr zu. »Was gibt es da zu lachen?«

Olivia winkte ab. »Ich dachte nur, weil ich gelesen

habe, dass Russland immer weniger eine Demokratie sein soll.«

Das brachte Alexandre auf die Palme und er überlud Olivia, Petra und Klaus mit einem Wortschwall aus Argumenten und rhetorischen Fragen, die sie folgsam abnickten. Ich hob eine Hand und winkte eine Kellnerin zu mir. Sie war jung – offenbar auch Studentin, mit kurzen Haaren, die ihre Ohren überdeckten, und vollen Brüsten, die sie unter dem schwarzen Shirt verborgen hatte. »Du wünschst?«, fragte sie.

Du, dachte ich. Auch ein Zeichen, dass sie Studentin war - die saloppe Umgangsform.

Ich bestellte einen Kaffee mit Sahne und ein Stück Zitronenkuchen. Die Kellnerin nahm die Bestellung auf und stapfte davon. Ich sah mich ein wenig um, während die anderen philosophierten, lehnte mich zurück und nahm die Akustik des Raumes auf. Das Schlürfen der Getränke, das Klimpern von Besteck, das Scharren von Stühlen und Tischen, das Öffnen der Eingangstür.

Die Tür ging auf und wieder zu.

Ich drehte mich um, weil ich neugierig war.

20.

Und da war sie. Vollkommen unerwartet und eigentlich trivial. Ein Mädchen mit geschminkten Lippen, umrandeten Augen und dunklen Haaren, die von grünen und rosa Strähnen durchzogen waren. Sie hatte sich zwei Zöpfe geflochten, die wie die Ohren von Micky Maus von ihrem Kopf abstanden. Ein extravagantes Attribut. Unter dem Arm hielt sie Bücher. Ihre Nägel waren schwarz lackiert und sie trug zahlreiche Ketten und mehrere Ohrringe. Ihre Beine steckten in eng anliegenden Jeans und ihre Schuhe waren so rot wie die Schale einer Tomate. Sie stapfte an den Tischen vorbei und ging zu einem Platz auf der anderen Seite. Während sie ging, sah sie auf und fixierte meinen Blick. Ich konnte ihn nicht abwenden, ich weiß auch nicht wieso. Irgendwas hatte mich gepackt und ließ mich nicht mehr los. Es war keine sexuelle Lust, falls Sie das denken. Keine Liebe, kein Kribbeln in der Magengrube, sondern etwas anderes. Vermutlich die Faszination über diese ungewöhnliche Persönlichkeit, die sich so von den anderen unterschied.

Sie musterte mich – nicht zu lange – und wandte den Blick nach einigen Sekunden ab. Ohne eine Verunsicherung erkennen zu lassen, ging sie zu ihrem Platz und setzte sich. Sie breitete die Bücher aus und begann zu lesen. Ich beugte mich vor und versuchte wieder der Debatte zu lauschen. Ich schämte mich ein wenig, dass ich die Frau so dreist angestarrt hatte, aber sie hatte mich so beeindruckt, dass es mir schwergefallen war, meine Augen abzuwenden. Irgendwann vergaß ich sie, und als ich das nächste Mal hinsah, war sie verschwunden.

Offenbar war sie nicht lange geblieben.

Nachdem wir die Diskussion über russische Verhältnisse beendet hatten, wurde es persönlicher. Ich bestellte einen zweiten Kaffee. Es war 18 Uhr und das Café hatte sich geleert. Das Koffein half. Ich war nicht mehr so müde. Wir sprachen über unseren Werdegang. Jeder warf etwas ein. Berichte, Anekdoten, Erzählungen. Die meisten Geschichten waren gewöhnlich. Die typische Abfolge des Lebens, von der Schule bis zum Umzug – meist mit Unterstützung der Eltern. Meine Geschichte oder zumindest die wenigen Brocken, die ich mit den anderen teilte, klangen profaner, als sie es in Wahrheit waren. Ich erzählte nicht, was wirklich vorgefallen war, sondern lieferte Ansätze, Ideen davon, wie ich mit meinen Eltern gelebt hatte. Eine Sache sagte ich jedoch: Dass meine Mutter früh gestorben war. Daraufhin veränderte sich Olivias Miene und Nachsicht trat in ihre Augen. Sie nahm meine Hand. »Das ist ja furchtbar«, sagte sie. »Oh je, das tut mir so leid.«

Ich musste nicht heulen, auch wenn die anderen das vielleicht dachten. Ich hatte meine Tränen bereits vergossen, sodass ich ungehindert über den Vorfall sprechen konnte. Ich versicherte ihr, dass es mittlerweile nicht mehr so schlimm war, aber die anderen bemitleideten mich.

Glücklicherweise durchbrach Paul das Schweigen und begann, von seinem Hobby, dem Programmieren, zu berichten. Anscheinend bereitete es ihm Freude, Computerspiele zu basteln – einfache Codes, die gut genug waren, einen Marinekäfer durch Gänge zu bewegen. Sein großer Traum war es, irgendwann in einer Firma angestellt zu werden und dort professionell zu arbeiten.

Wir redeten noch eine Stunde und trennten uns dann. Es war spät geworden und ich erinnerte mich an meine Hausaufgaben, die ich mir noch anschauen wollte.

Ich verabschiedete mich von Klaus und Olivia und wir verabredeten uns für den nächsten Tag vor dem Saal. Dann stapfte ich nach Hause und setzte mich an den Schreibtisch. Ich hatte nicht viel Lust, aber riss mich trotzdem zusammen und holte meine Akten heraus. Die Matheaufgabe behandelte die Jordan'schen Normalform.

Ich klappte mein Handy auf und versuchte, mich im Internet schlau zu machen. Gott sei Dank waren die Pelvers nicht so altmodisch, dass sie keinen Internetanschluss eingebaut hatten. Das WLAN war gut und schnell, wodurch es leichter für mich war.

Nach einer halben Stunde legte ich meine Notizen beiseite und legte mich ins Bett. Von unten konnte ich das Dröhnen von Stimmen und sich verlustierenden Menschen hören. Musik wurde gespielt und aus einem Fernseher erklangen die Durchsagen eines Kommentators, der den Ausgang eines Spiels bewertete.

Ich öffnete WhatsApp und fuhr über den Chatverlauf meines Vaters, der nunmehr keinen Namen mehr aufwies, sondern lediglich seine Telefonnummer, da ich ihn aus den Kontakten gelöscht hatte. Ich fuhr nach oben und überflog die wenigen Worthülsen, die wir miteinander gewechselt hatten. Ich fragte mich, was er wohl machte. Vermutlich schlafen, betrunken und umgeben von leeren Flaschen. Ich konnte es mir gut vorstellen und ich empfand kein Mitleid für ihn. Ich wollte weder zurück noch in seine Nähe.

Schließlich umfing mich Müdigkeit und ich nickte ein.

21.

Am nächsten Morgen hatte ich einige Verpflichtungen. Die Uni ging nicht so lange wie gestern und wir hatten nur eine Vorlesung um zehn Uhr, sodass ich etwas ausschlafen konnte. Nach der Vorlesung machte ich mich auf den Weg zum Bürgeramt. Es war nicht weit und in der Nähe des Rathauses. Ein großes, kastenförmiges Gebäude mit Dutzenden Fenstern und Fahnen, die an Masten hingen und im Rausch des Windes wehten.

Ich ging die Stufen hinauf und trat ins Innere. Menschen standen an irgendwelchen Schaltern. Es war alles ausgeschildert, sogar so gründlich, dass selbst ein ziemlicher Depp die Stellen gefunden hätte. Im ersten Stock befand sich die Abteilung für Einbürgerung und Ummeldungen. Migranten waren auf dieser Etage verteilt. Menschen mit Kopftuch – jene, die man gleich als solche erkannte. Ich zog eine Nummer und setzte mich. Ich war die 23 und gerade wurde die 16 bedient, sodass ich gezwungen war, eine Weile zu warten. In lahmen Abständen öffneten sich die Türen der Bearbeitungsräume, dann piepste es und die Zahl veränderte sich auf den Bildschirmen um eine Ziffer. Es war sehr langatmig und umso länger ich wartete, umso voller wurde es.

Zuerst beschloss ich, mich mit meinem Handy zu beschäftigen. Ich prüfte die Nachrichten, las mir eine Matheaufgabe durch, die ich während der Vorlesung aufs Telefon geladen hatte, und dachte über die Fourier-Analysis nach, die sich mit bestimmten

74

Integralen auseinandersetzte.

Als es zum dritten Mal piepste, sah ich auf und blickte mich um. Der Raum hatte sich weiter gefüllt. Eine Frau mit Gesichtsschleier saß drei Plätze von mir entfernt. Ihr Gesicht war nicht zu sehen und ihr Körper gänzlich verhüllt. Auf der anderen Seite saßen Männer, die ihre Zettel in der Hand hielten und geduldig warteten. Zwischen ihnen, in der Mitte – ich erschrak – erkannte ich das Mädchen, das ich im Café gesehen hatte. Die junge Frau mit dem frivolen Schmuck und den melierten Haaren. Sie saß da, stumm, schweigsam, die Kopfhörer in den Ohren und den Zettel in den Händen. Sie trug rote Fingerhandschuhe, die die Kuppen freiließen, und wippte mit den Zehen zum Takt der Musik. Ich betrachtete sie eingehend und war überrascht, sie hier zu sehen. Offenbar war sie auch neu und aus einer anderen Gegend. Es war seltsam. Mit ihrer lässigen Art, wie sie dasaß, so unbekümmert, als würde sie sich nicht interessieren, was die anderen dachten, imponierte sie mir.

Sie wandte den Kopf und sah mich an, als hätte sie meine Gedanken gelesen.

Ich fuhr zusammen und drehte mich in die andere Richtung. Es piepte. Die junge Frau erhob sich und ging die Sitzreihe entlang zu Raum drei, der direkt gegenüberlag. Ich fragte mich, warum sie mir nicht aufgefallen war, als ich den Gang betreten hatte. Unsere Blicke trafen sich. Sie lächelte und verschwand in der Zelle.

Hinter ihr rauschte die Tür zu.

Das nächste Piepen galt mir. Es war die Nummer 23. Ich stand auf, ging zu einer der Zellen und fand mich einer korpulenten Dame mit spitzer Mondbrille und schulterlangen Haaren gegenüber, die gelangweilt auf ihrem Stuhl saß und mich griesgrämig anstarrte.

Ich reichte ihr die Unterlagen und beantwortete ihre Fragen. Sie tippte etwas in ihren Computer ein und musste sich dann erheben, als ein Drucker, der vier Meter entfernt stand, etwas auswarf. Sie stöhnte und holte das Dokument, welches sie mir vor die Nase klatschte. »Da und da unterschreiben.«

Ich tat es und sie musterte das Dokument. Sie tippte erneut etwas ein, stempelte die Sache ab und sagte dann: »So, willkommen in Baden-Württemberg.« Dann griff sie hinunter und holte eine Mappe hervor, die sie mir zuschob. »Dieses Formular bitte ausfüllen und zeitnah an uns zurückschicken. Es geht um Ihren Bafög-Antrag und die Finanzierung der Universitätskosten.«

Ich nahm die Mappe und verabschiedete mich höflich. Die Frau erwiderte nichts, sondern drückte einen Knopf, sodass es außerhalb der Zelle piepte. Dann sah sie mich an, als würde sie sagen: »Schwing dich, die anderen warten schon.«

Ich schürzte die Lippen.

Draußen inspizierte ich noch einmal den Gang auf der Suche nach dem seltsamen Mädchen, das mir zugelächelt hatte, aber sie war nicht da und vermutlich schon gegangen.

Das tat ich auch.
Ich ging einkaufen.

22.

Das hätte ich schon früher erledigen sollen.

Mit nichts als meinem Geld ging ich in den nächsten Supermarkt und begann für die nächsten Tage einzukaufen. Ich hatte einen kleinen Kühlschrank im Zimmer, der nachts brummelnde Geräusche ausstieß und den ich mit Lebensmitteln füllen konnte. Eine Gefrierecke besaß er ebenfalls, sodass ich abgepackte Produkte besorgen konnte.

Ich nahm mir einen Wagen und zog an den Regalen vorbei. Der Laden war nicht besonders voll. Die meisten Kunden standen an der Kasse und warteten. Ich ging abwechselnd nach links und rechts und warf Dinge in den Wagen, die ich mochte und die einen adäquaten Preis hatten. Als meine Mutter noch gelebt hatte, war ich mit ihr einkaufen gegangen und sie hatte mir den Wert der Sparsamkeit nahegebracht. Die Zeit mit meinem Vater hatte diese Einstellung sogar intensiviert. Er war selten einkaufen gewesen und wenn, dann nur um sich Bier oder sonstigen Alkohol zu besorgen, da ich ihm diese Dinge nicht kaufen wollte. Für Lebensmittel war ich zuständig gewesen.

Ich dachte daran, vielseitig zu kaufen: etwas Obst, etwas Gemüse und natürlich auch gefrorene Produkte. Fertiggerichte, die in Plastikverpackungen steckten, eine Tiefkühlpizza und etwas Eis.

Mit gefülltem Wagen stellte ich mich an die Kasse und wartete, bis ich drankam. Eine freundliche Polin mit deutlichem Akzent bediente mich. Ich bezahlte, lud meine Sachen in die Tüten und verließ den Laden. Den Weg nach Hause legte ich zu Fuß zurück. Es war kurz nach acht und die anbrechende Nacht hatte die Häuser und Gassen der Stadt in Beschlag genommen. Die Sonne war untergegangen und ihre letzten Lichtstrahlen fluteten den Horizont.

Das Gasthaus war gut besucht. Ich konnte die Musik von Weitem hören. Vor der Kneipe standen Leute – offenbar Studenten, denn sie waren jung und lachten ausgelassen. Drei Männer und eine Frau, die an die Brust des einen Typen gelehnt war und losgelöst kicherte. Anhand ihrer Kleidung, die schwarz war und freizügig, dachte ich, dass es sich vielleicht um eine Prostituierte handeln könnte – ich wusste es aber nicht. Die Männer waren mit Bier bewaffnet und amüsierten sich prächtig.

Ich ging auf sie zu und sie unterbrachen ihre Unterredungen und sahen mich an, als wäre ich ein Polizeibeamter.

»Darf ich?«, fragte ich und fixierte die Tür. Ich hatte nicht viel Geduld und meine Finger taten weh, da ich die Tüten ohne Pause durch die Gegend geschleppt hatte. Der eine Mann mit dunklen Haaren und einer Lederweste zeigte auf mich und die Tüten. »Wo warste denn?«, fragte er erheitert. Ich merkte, dass er betrunken war, und seufzte.

»Einkaufen!«, erwiderte ich genervt. »Darf ich jetzt weiter?«

Sein Finger segelte durch die Luft wie eine Fliege. »Erst wenn du mir zeigst, was du da drin hast.«

Ich schloss die Augen und blies angestrengt die Luft aus. Ich konnte es nicht glauben. Mit grimmigem Blick stob ich voran, bugsierte den Mann zur Seite und betrat das Gasthaus.

Der Mann verlor beinahe den Halt und konnte sich noch am Türrahmen festhalten. »Hey«, rief er und schwang die andere Hand, in der er gerade noch ein Bier gehalten hatte. Die Flasche sauste hinunter und zerbrach auf dem Grund. Fassungslos betrachtete er die Splitter und den Schaum, der sich zu seinen Füßen ausbreitete. Ich sah ihn an. Der Mann flüsterte etwas, dann drehte er durch und packte mich am Arm. Es war ein fester, nachdrücklicher Griff. Ich biss die Zähne zusammen und war gewillt, meine Tüten abzulegen, als Ferdinands Stimme die Musik übertönte.

23.

»Halt!«, brüllte er und deutete mit einem Finger auf uns. Ich sah, dass er eine Schürze trug. Das karierte Hemd steckte in der Hose. Sein mürrischer Blick suchte den des fremden Mannes und entschlossen kam er auf uns zu. »Sie da!«, monierte er. »Was erlauben Sie sich denn?«

Der fremde Mann wusste nicht, was er sagen sollte. Er ließ mich los und hob beschwichtigend die Hände. »Es tut mir leid ... ich ...« Er war nicht Herr seiner Sinne, das sah ich gleich. Seine Entschuldigung war mehr ein Stammeln.

Ferdinand wandte sich mir zu. »Entschuldigen Sie, Herr Silling. Diese dreisten Bengel wissen einfach nicht, wo ihre Grenzen sind.« Dabei fixierte er den Mann verdrossen. »Nicht wahr?«, giftete er. Ich beschloss, der Situation aus dem Weg zu gehen. Die Tüte hatte ich immer noch bei mir.

Während Ferdinand die Sache regelte, ging ich hinauf in mein Zimmer und war froh, als die Tür hinter mir zufiel und mich eine gedämpfte Ruhe überkam.

Ich atmete durch und stellte die Tüten ab. Meine Finger fühlten sich wund an. Ich streckte und dehnte sie, dann begann ich den Einkauf wegzuräumen.

Als ich fertig war, sah ich auf meinen Schreibtisch und fand dort die Matheaufgabe, die ich in der Uni bearbeitet hatte. Ich prüfte meine Gefühlslage und suchte nach Anzeichen von Müdigkeit. Da ich sie nicht vorfand, setzte ich mich hin und versuchte mich an der Lösung.

Es kostete mich eine Stunde, bis ich den richtigen Weg ermittelt und aufgeschrieben hatte.

Erst als ich das geschafft hatte, legte ich mich ins Bett und holte mein Handy hervor. Das helle Licht des Bildschirms blendete mich. Von unten war das Rattern der Musik zu hören. Die Menschen feierten und tanzten wieder im Takt der Musik.

Ich rappelte mich auf und trat ans Fenster. Es war das erste Mal, dass ich das nachts tat.

Ich bückte mich vor und sah hinaus.

Draußen war es kühl und angenehm. Ein leichter Wind wehte. Die Nacht hatte die Häuser und Kanten der Gebäude erfasst und in eine schummrige Düsternis gehüllt. Sterne glühten am Himmel. Unten liefen Gestalten entlang. Sie passierten die Straße, einer torkelte. Rufe waren zu hören. Ich schloss die Augen und genoss die frische Brise auf meinem Gesicht. Erneut verspürte ich Erleichterung darüber, dass ich meine Reise geschafft hatte. Das Schlimmste lag hinter mir. Ich war in einer neuen Gegend, abgekapselt von den trabenden Erinnerungen, die mich mit meiner ursprünglichen Heimat verbanden. Ab jetzt konnte es nur noch besser werden, dachte ich.

Ich verriegelte das Fenster und legte mich schlafen. Wenngleich mich die Müdigkeit umgarnte, schlief ich nicht direkt ein. Diesmal blieb ich lange wach und trippelte mit den Fingern auf die Decke.

Nach einer Stunde beschloss ich, ein Regenvideo anzumachen – die melodischen Sequenzen, die den Laut fließenden Wassers nachmachen. Das beruhigte mich und ich schlief tatsächlich ein.

24.

Am nächsten Tag begann die Uni wieder früh. Ich musste um acht da sein. Mein Wecker klingelte um sieben, sodass ich Zeit hatte, mich zu duschen und etwas zu essen. Ich machte mich fertig und aß einen Becher Müsli, dessen Zutaten ich gestern gekauft hatte. Dann packte ich meine Tasche und ging los.

Diesmal kam ich pünktlich an. Klaus war noch nicht da, Olivia auch nicht. Ich setzte mich in eine leere Sitzreihe und prüfte mein Handy. Klaus schrieb, dass er jeden Augenblick eintreffen werde. Olivia hatte sich noch nicht gemeldet.

Sie würde fünf Minuten zu spät erscheinen.

Die Lehrerin, die diesmal an der Reihe war, hieß Polvanc, stammte aus Slowenien und war eine Dame mittleren Alters, die neben einem grünen Rock auch grüne Schuhe trug. Ihre buschigen Haare waren gefärbt und strahlten in einem pikanten Schwarz. Ihre Nägel leuchteten grünlich und sie trug eine Goldkette um den Hals. Wenn sie sprach, konnte man hören, dass sie aus dem Ausland kam. Dennoch war sie gut zu verstehen und sie vermittelte den Stoff mit einer Klarheit, die mich überraschte.

Diesmal war es Klaus, der Schwierigkeiten hatte, mitzukommen. Mehrere Male saß er da, kaute an seinem Kugelschreiber oder gab ein lapidares »Äh« von sich, vermutlich als Zeichen, dass er es nicht verstanden hatte.

Zwei Stunden ging die Vorlesung, dann war auch dieser Unitag beendet. Am Ende beugte sich Olivia zu uns und flüsterte: »Bock, was zu machen?«

Ich war froh, dass sie nicht mit *Hey*, angefangen hatte.

»Was denn?«, fragte ich.

»Petra und ich wollen in die Stadt, ein bisschen bummeln.«

Ich benachrichtigte Klaus, der nicht zugehört hatte. Er war einverstanden.

»Geht klar«, meldete ich nach vorne und Olivia nickte zufrieden.

25.

Wir vereinbarten, gleich nach der Vorlesung loszuziehen. Ich hatte zwar die Absicht gehabt, noch mal zu meiner Wohnung zu fahren und meine Sachen abzulegen, aber die anderen überstimmten mich. Sie wollten sofort los.

Mit unseren Rucksäcken bewaffnet, machten wir uns auf den Weg zur Straßenbahn. Wir fuhren vier Stationen und stiegen an der Haltestelle Römerstraße aus, die sich im Zentrum der Stadt befand. Die Sonne schien. Es war schön und die Straßen waren gut besucht. Die Geschäfte hatten geöffnet und der Trubel des alltäglichen Kaufrausches riss nicht ab.

Olivia und Petra wollten zuerst in ein Kleidergeschäft. Zu C&A, wie sie sagten, um zu gucken, ob sie etwas Schönes zum Anziehen fanden. Klaus hatte keine große Lust und ich auch nicht, aber wir fügten uns. Während die Mädchen anprobierten, standen wir herum und unterhielten uns über die Bedeutsamkeit der Isometrien in n-dimensionalen reellen und komplexen Räumen. Eine ältere Frau mit vollen Wangen und üppiger Oberweite, eine Hose in der Hand, die sie anprobieren wollte, kniff die Augen zusammen, als sie uns reden hörte, und zog die Stirn kraus.

Wie erwartet, dauerte es, bis die Mädchen fertig waren.

Nach einer Stunde hatten sie sich jeweils für ein Kleidungsstück entscheiden: Olivia kaufte ein Longsleeve und Petra einen Schal. Im Anschluss an die Tortur gingen wir Eis essen. Ich nahm Schokolade und Mango. Es tat gut und es erfrischte meine Sinne, als die zarte Kühle meine Kehle befeuchtete.

Das nächste Ziel war der Vogelstang-See, der sich im Zentrum eines Bürgerparks befand. Das Gelände war riesig. Beinahe so groß wie der Uni-Campus. Überall standen angepflanzte Bäume in angelegten Gehegen, die umrundet waren von Gräsern und Blüten. Der Boden war mit Kies bedeckt. Der See lag mittig. Er war breit und wurde zur Mitte hin immer schwärzer. Kleine Kinder sprangen durch den Sand am Ufer und streckten ihre Füße in das Wasser. Schwimmen war verboten. Mehrere Enten und Gänse führten ihre Brut von einem Ufer zum anderen. Bänke waren um das Gewässer aufgestellt. Die meisten waren besetzt. Oliva führte die Gruppe an und navigierte uns um das Wasser.

Ich taxierte die trübe Flüssigkeit und fragte mich, wie es wohl wäre, an den Grund zu tauchen, um herauszufinden, was da wohl war. Bei dem Gedanken grauste es mir ein wenig. Ich konnte das Schreien der Kinder hören und plötzlich fiel mir etwas auf, das mich vollkommen überraschte: Auf einer Bank in der Nähe saß das skurrile Mädchen aus dem Café, das ich bereits zweimal gesehen hatte. Ich erkannte sie gleich an den beiden Zöpfen, die wie zusätzliche Ohren von ihrem Kopf abstanden.

Ich blieb stehen und meinte nur: »Geht ruhig schon mal vor, ich komme nach.« Und verließ die Gruppe.

26.

Ich dachte gar nicht darüber nach, was ich tat. Es war vielmehr eine Eingebung, ein innerer Reflex, dem ich folgte.

Ich ging zu der Bank hinüber und blieb daneben stehen. Darauf saß das Mädchen, die Beine überkreuzt, die Kopfhörer in den Ohren. Sie zog sie heraus, als sie mich bemerkte, und schenkte mir ein warmherziges Lächeln. »Hallo«, sagte sie und blinzelte im Licht der Sonne. Wie im Café trug sie weitgehend Schwarz. Ihre Lider waren dunkel und ihre Lippen rötlich. Die dünne Tunika betonte die Rundungen ihrer Brüste.

Ich setzte mich neben sie. »Hallo«, sagte ich. »Was für ein Zufall. Das ist jetzt schon das dritte Mal, dass wir uns über den Weg laufen.«

Sie zuckte die Achseln. »Zufall … vielleicht auch Absicht, wer weiß?« Sie lächelte. Irgendwie erinnerte sie mich an Abby Sciuto aus der Fernsehserie Navy CIS, die durch ihr kompetentes Fachwissen auffiel.

»Wie ist dein Name?«, fragte ich.

»Yoki«, sagte sie. »Und deiner?«

»Mein Name ist Larry.«

Jetzt darüber zu sprechen, ist nicht leicht. Glauben Sie mir, es verlangt mir einiges ab und es ist heikel. Damals war ich unwissend. Ich hatte weder eine Ahnung, was mich erwartete, noch eine Idee, wie die Sache eskalieren würde. Ich sah lediglich ein Mädchen und glaubte an einen Zufall. Heute bin ich mir da nicht mehr so sicher. Diese Yoki ist nicht, wer sie zu sein scheint. Das ist mir mittlerweile bewusst, doch damals war mir das nicht klar – wie hätte es das auch sein sollen? Alles, was ich wollte, war, vielleicht eine nette Bekanntschaft aufzubauen, da mich die Tatsache, dass wir uns mehrere Male über den Weg gelaufen waren, schon berührt hatte. Auf eine freundliche Art, wenn Sie verstehen. Ich kann an dieser Stelle nur mahnen, dass Sie Ihre Leute aussenden und sie suchen! Sie wissen ja jetzt, wie sie aussieht. Gehen Sie und finden Sie sie. Sie ist gefährlich. Hätte ich das damals nur gewusst … Ich hätte mir einiges erspart.

Jedenfalls stellten wir uns vor.

Yoki wippte mit den Füßen. Ich musterte sie verstohlen. Ihre Aufmachung und die Leichtigkeit, mit der sie mir antwortete, faszinierten mich.

»Wo kommst du her?«, fragte sie.

»Fulda. Hessen.«

»Kenn ich. Es ist schön da.«

»Hm.«

»Was studierst du?«

»Mathe.«

»Iiiihh … wirklich?« Sie sah mich an. »Das macht Spaß?« Sie gluckste.

»Ich denke schon.«

»Na dann. Ich studiere Geschichte.«

»Auch nett.« Dieses Fach interessierte mich gar nicht.

Wir schwiegen einen Moment.

»Bist du allein da?«, fragte sie. Ihre Augen strahlten geheimnisvoll.

Ich schüttelte den Kopf und schaute, wo die anderen steckten. Sie waren weitergegangen, aber in der Ferne stehen geblieben und unterhielten sich. »Nein, da sind die anderen.«

Sie nickte. Dann erhob sie sich und machte Anstalten, die Hörer wieder in die Ohren zu stecken. »Vielleicht sieht man sich ja wieder?« Sie lächelte und stapfte davon. Ich sah ihr nach. Sie eilte über den Sand und verschwand in einer Menschenmenge. Ich stand ebenfalls auf, verwirrt über Yokis plötzlichen Aufbruch, und ging zu den anderen. Sie warteten bereits.

27.

»Und?«, fragte Olivia. »War das eine Freundin?« Sie legte den Kopf schräg.

Ich verneinte. »Ich kenne sie kaum.«

»Die sah voll aus wie ein Emo«, sagte Petra und schob die Unterlippe vor.

Ich zuckte die Achseln. Mich hatte Yokis Aufmachung nicht gestört. Klaus sagte nichts und wir gingen weiter. Etwa eine Stunde bummelten wir durch die Stadt. Besuchten Geschäfte, darunter einen Laden für Babyklamotten, die Olivia und Petra unbedingt betrachten wollten, und einen für Backformen, diese kleinen Metallförmchen, mit denen man Plätzchen kreieren kann. Es war schön, aber ich war froh, als wir wieder den Rückweg antraten und im Bus zur Uni saßen. Während sich Olivia und Petra über einen jungen Mann unterhielten, dem sie auf dem Weg begegnet waren und der sie angesprochen hatte, da sie gemeinsam einen Kurs für Stochastik besuchten, blickte ich aus dem Fenster und dachte nach. Die Sonne schien hell vom Himmel. Einzelne Menschen waren unterwegs. Ich kratzte mich am Kinn. Yoki kam mir in den Sinn. Ich erinnerte mich an unsere Unterredung. Sie hatte einen lockeren Eindruck gemacht und ich konnte das Echo ihrer Worte in meinen Gedanken hören.

Als der Bus anhielt, stiegen wir aus und ich verabschiedete mich von den anderen. Es war Donnerstag und morgen würde der letzte Tag der Uniwoche sein.

Wir beschlossen wieder zusammenzukommen und beendeten unser Treffen mit einer hastigen Umarmung. Klaus gab ich einen Handschlag.

Ich lief nach Hause und verbarrikadierte mich in meinem Zimmer. Ich nutzte die Zeit, um ein wenig Ordnung in meine Unterlagen zu bringen und einen Film auf meinem Handy zu gucken.

Gott sei Dank gibt es Netflix.

Am Abend schlief ich früh ein und wachte am Morgen vor dem Klingeln des Weckers auf. Ich fuhr in die Uni und ging am Mittag mit den anderen essen. Diesmal gab es Reis mit Bohnen in einer roten Soße, die ich nicht identifizieren konnte, und etwas Pute. Ich nahm noch einen Salat und folgte den anderen, die nach einem Tisch Ausschau hielten. Genau wie die letzten Male war es voll in der Mensa und das Gewirr der Stimmen schwang wie eine Wolke über unseren Köpfen.

Olivia fand schließlich einen Tisch mit vier Plätzen, aber ich beschloss, mich woanders hinzusetzen.

28.

Yoki war überrascht, als ich mich ihr gegenübersetzte. Sie hatte dasselbe Gericht wie ich, was darauf schließen ließ, dass sie keine Vegetarierin war.

»Hi«, sagte ich und richtete mein Besteck.

»Hi«, meinte sie leiser. Sie hatte sich nicht verändert. Die Umrandungen ihrer Augen waren schwarz, ihre Lippen rötlich und auf dem Kopf hatte sie die beiden Zöpfe.

»Alles gut?«, fragte ich. Ich hatte beschlossen, mit entschiedenerem Selbstbewusstsein auf sie zuzugehen und ein wenig aus mir herauszukommen. Vielleicht, dachte ich, würde es das Eis zwischen uns brechen. Denn ich war gewillt, sie kennenzulernen.

Ach, wie dumm kann man sein.

»So weit ja. Und mit dir?« Sie fragte das so, als ob sie wissen wolle, ob ich bescheuert sei, weil ich mich ihr gegenübergesetzt hatte.

Ich musste lächeln. »Auch. Ich habe darüber nachgedacht, dass wir uns jetzt schon das vierte Mal hintereinander sehen. Vielleicht ist es ja doch kein Zufall.«

Sie hob die Gabel zum Mund und legte die Stirn in Falten. »Sondern?«

»Schicksal?«

»Aha.«

Ich vollführte eine Kehrtwende. Das war kein guter Einstieg gewesen. »W-wo kommst du eigentlich her? Wir sind uns doch auf dem Amt begegnet?«

Sie schob sich die Pute in den Mund. »Köln … Dat

schöne Köln.«

»Magst du es nicht?«, fragte ich.

Sie seufzte. »Doch … aber meine Eltern leben dort und die mag ich nicht besonders.«

»Oh.« Ich hörte auf zu essen. »Warum?«

Sie sah mich an. »Mein Vater fickt meine Mutter, wenn sie nicht will, und meine Mutter ist zu feige, etwas dagegen zu unternehmen. Deswegen.« Sie sagte das mit einer Entschlossenheit, dass mir beinahe der Reis aus dem Mund gebröselt wäre. Ich sah, dass es meinen Tischnachbarn ähnlich ging. Einer bekam einen Hustenanfall. Yoki verharrte ungerührt, als würde sie das nicht kümmern. Sie sah mich an und kaute ihr Fleisch.

»D-das tut mir leid«, sagte ich.

»Schon in Ordnung. Ich bin ja hier und es geht mir gut. Was machen deine Eltern so?«

»Meine?« Ich stockte. Für einen Moment verspürte ich den Drang, ihr alles zu sagen. Sie in meine Welt einzuführen und den Vorhang zu heben, damit sie die Düsternis meiner Vergangenheit erblicken konnte. Etwas hielt mich zurück. Ich öffnete den Mund und sagte: »Nicht viel.« Und ließ den Kopf hängen. »Meine Mutter lebt nicht mehr und mein Vater trinkt viel. Er kümmert sich nicht sonderlich.«

Yoki schwieg. Als ich aufsah, erkannte ich einen Streifen Trauer in ihren Augen, der glitzerte wie ein Regentropfen.

Sie reichte mir die Hand. »Das tut mir leid.«

Ich berührte ihren Handschuh. »Schon okay. Ich bin ja

hier und es geht mir gut«, sagte ich und musste grinsen.

Yoki lächelte.

29.

Es war der Anfang vom Ende, wie man ihn sich vorstellt. Ab diesem Essen kamen wir uns näher. Die Mensa verließen wir bereits gemeinsam und an jenem Tag, mitten auf dem Campus, vereinbarten wir unser erstes Treffen. Wir tauschten Nummern aus und ich speicherte sie in meinen Kontakten. Vermutlich habe ich sie noch drin – ach nein! ... ich hab mein Handy ja gar nicht dabei. Jedenfalls empfand ich eine Verbindung zu dieser Frau, die ich nicht richtig beschreiben kann.

Als ich sie das erste Mal gesehen hatte, war es ein Gefühl von Faszination gewesen, etwas, dass mir imponiert hatte. Seit sie mir von ihrer häuslichen Situation erzählt hatte, veränderte sich dieses Gefühl. Ich empfand etwas, das über eine gewöhnliche Freundschaft hinausging. Es war wie eine Seelenverwandtschaft. Eine Bindung, die oberhalb einer Bekanntschaft lag. Wir waren Leidensgenossen, Ausgestoßene, die vor der schrecklichen Realität zu Hause geflohen waren. Was uns blieb, war das Vertrauen in die Zukunft und die Überzeugung an uns selbst. Wir glaubten aneinander. Jemanden zu haben, dem es ähnlich ging, war wie eine Erleichterung, die den Kalk aus meinem Verstand kratzte und mich klarer denken ließ.

Wir gingen essen, spielten Karten. Wir trafen uns während der Pausen oder wenn die Vorlesungen zu langweilig waren. Wir gingen zu Partys, tanzten die Nächte durch. Feierten. Tranken und amüsierten uns.

Ich nannte sie Yoki Kolumna, da sie ihre Gedanken gerne in einem handgroßen Tagebuch festhielt, das sie immer dabeihatte. Sie nannte mich Larry Page wie den Google-Gründer. Wir lachten und freuten uns.

Wir gingen ins Kino. In den Film *Annabelle*, der mit der Puppe. Ich machte mir vor Angst fast in die Hose, aber Yoki war ungerührt. Sie sah den Film mit einer Lässigkeit, die mich staunen ließ, und behauptete später, er wäre stellenweise langweilig gewesen.

An einem Abend traten wir aus einer Bar ins Freie und genossen die Stille der Nacht. Es war kühl, aber dennoch atemberaubend schön. Die Sterne leuchteten von oben und die Mondsichel strahlte auf uns herunter. Wir befanden uns am Rand der Stadt und waren mit dem Bus gefahren, der uns zwanzig Minuten durch die Gegend gekurvt hatte. Ein berühmter DJ, dessen Namen ich vergessen habe, war an diesem Abend aufgetreten und das hatten wir uns angesehen. Nach seiner Vorstellung hatte Yoki die Idee gehabt, etwas Luft zu schnappen, und wir waren hinausgegangen. Der Bus würde in einer halben Stunde fahren.

30.

Von hinten drang der gedämpfte Lärm der Festivitäten an unser Ohr. Es war ein lautes Knallen und Donnern. Irgendwo in der Nähe kotzte jemand ins Gebüsch. Ich konnte sein Hinterteil sehen. Zwei Freunde standen daneben und lachten, während eine Freundin über dem Betroffenen stand und ihm sorgenvoll den Rücken tätschelte.

Gegenüber der Bar befand sich ein leeres Parkhaus, das von Bäumen und Sträuchern umringt war. Ich hatte erfahren, dass es dort vor vielen Jahren einmal ein Feuer gegeben hatte und das Steingerüst seitdem leer stand. Außer ein paar Jugendlichen und Tieren betrat das Gelände eigentlich niemand.

Bevor ich mich versah, nahm mich Yoki an der Hand und führte mich durch den Waldabschnitt hinüber zu dem Steinbau. Es war düster, aber durch die Sterne und den leuchtenden Horizont konnten wir gut sehen.

Ich fühlte mich unbehaglich, als wir uns der Ruine näherten. So umringt von den finsteren Bäumen und meinen Gedanken, die mir einredeten, dass dieser Bau verlassen und verwaist war, spürte ich eine leichte Gänsehaut am Rücken. Yokis Verwegenheit gab mir jedoch Mut. Gemeinsam betraten wir das Gemäuer und liefen durch einen schmalen Gang. Steinsäulen wuchsen von der Decke. Auf dem Boden lagen Äste, Geröll und Steine. Yoki eilte voraus, als würde sie das Parkhaus kennen, und stürmte eine Rampe hinauf, die in den nächsten Stock führte. Hier stand kein Auto weit und breit. Wir waren die einzigen Menschen.

Ehe ich fragen konnte, was sie vorhatte, hatten wir das Ziel erreicht: Ein Geländer. Einen Schnitt zwischen den geraden Mauerverläufen. Von hier hatten wir eine Aussicht über das Areal und den Wald. Licht fiel von oben herab und warf Schatten an die seitlichen Mauern. Ich keuchte ein wenig. Yoki war schnell gerannt.

Wir standen dicht beieinander und sahen in die idyllische Pracht der schwarzen Natur. In der Ferne gurrte eine Eule. Wir sahen nicht lange hinaus.

Ein Verlangen packte mich. Es war übermächtig. Ich fuhr herum und sah Yoki, die es ebenfalls spürte. Erinnern Sie sich, was ihn Ihnen über Beziehungen erzählt habe? Über meine Abstinenz? Der ganze Drang brach jetzt aus mir heraus. Eine Wollust loderte in Yokis Augen. Sie packte meinen Kopf und zog ihn zu sich. Unsere Lippen vereinigten sich zu einem Kuss. Ich packte ihre Hüften, ruderte an ihrem Körper hinauf zu ihren Brüsten und dann nach hinten, um den Verschluss ihres Kleides zu öffnen. Es ging alles so schnell. Bevor wir realisierten, was passierte, lagen wir auf dem Boden, auf unseren Klamotten: Nackt.

Der Sex war großartig. Ich fühlte Wohlbehagen und Ekstase aufeinanderkrachen. Es war ein umwerfendes Erlebnis. Allein in den Weiten der verlassenen Parkanlage. Nur wir und in tiefer Leidenschaft verkeilt. Nichts konnte uns trennen. In jener Nacht waren wir verschweißt wie Pech und Schwefel.

Ich denke noch heute daran.

Den Bus verpassten wir in jener Nacht. Ich kam mit solcher Wucht, dass ich dachte, meine Eier würden platzen. Danach war ich erschöpft und ausgelaugt. Wir lagen da, Körper an Körper, und sie streichelte meine Haare. Es war wunderschön.

31.

Und es sollte nicht das einzige Mal bleiben. Wir trafen uns immer abwechselnd. Mal bei ihr, mal bei mir. Die Lautstärke des Gasthauses erwies sich als hilfreich, denn wir liefen nicht Gefahr, dass uns jemand hörte. Oftmals lagen wir stundenlang nebeneinander, erzählten Geschichten, kuschelten und erfreuten uns unseres Glücks. Ich war so oft mit Yoki unterwegs, dass mich die anderen ansprachen und sich erkundigten, was mit mir los sei. Eines Abends, als wir in Olivias Wohnung saßen – ohne Yoki - und Karten spielten, sprachen wir darüber. Petra machte den Anfang.

»Äh … sag mal Larry, was ist das eigentlich mit dir und dem Emo?« Sie meinte es nicht böse, nur kannte sie den Namen nicht.

»Yoki«, fügte ich an. »Ihr Name ist Yoki.«

»Mein ich doch.«

»Was soll sein?« Ich zuckte die Achseln. »Wir hängen zusammen ab. Sie ist nett.«

»Nett?«, wiederholte Olivia skeptisch. »Du bist ja kaum noch mit uns unterwegs. Was ist denn so besonders an ihr? Seid ihr zusammen?«

Ich nickte. Die anderen starrten mich fassungslos an.

»Ja«, insistierte ich. »Wir sind zusammen.« Ich sagte das, obwohl Yoki und ich uns das nie richtig bestätigt hatten. Wir hatten nie dagesessen und gesagt, dass wir offiziell zusammen wären - aber durch die Treffen und die Bindung, die wir füreinander empfanden, vermutete ich, dass es so war.

»Wirklich?«, fragte Petra. »Das … das freut mich.« Ihr Gesicht sagte etwas anderes.

Ich beugte mich vor und stützte die Ellenbogen auf den Tisch. Die Packung Chips in der Nähe erzitterte.

»Ich weiß, sie sieht anders aus, aber das macht sie besonders. Sie ist so witzig und ein wunderbarer Mensch, der Schlimmes erlebt hat.«

Die anderen erwiderten nichts, sondern hörten aufmerksam zu.

»Ich liebe sie«, sagte ich. »Das tue ich wirklich.«

»Das freut mich«, sagte Klaus, der sich weitgehend zurückgehalten hatte. »Meinen Segen habt ihr.« Er reckte sein Glas, gefüllt mit Rotwein, und wir stießen an. Die anderen brauchten noch eine Weile, ehe sie überzeugt waren. Petra war besonders argwöhnisch. Sie begründete das mit einer Skepsis gegenüber Personen, die aus dem Emokreis stammten, und meinte, dass ihr diese Jugendkultur nie geheuer gewesen sei und sie immer einen großen Bogen um diese Leute gemacht hätte.

Zum Glück ergab sich bald eine Möglichkeit, das alles zu klären.

Bei einem gemeinsamen Essen im nobelsten Chinarestaurant, das ich kannte, kamen wir alle zusammen. Die anderen warteten bereits, als ich und Yoki eintraten.

Yoki war diesmal in Rottöne gehüllt und hatte einen Schleier um die Schultern, der ihrer Kleidung einen zusätzlichen Funken Extravaganz verlieh. Auf dem Kopf trug sie – was mich beeindruckte – einen kleinen

Zylinder, so groß wie eine Faust, der leicht nach links geneigt war. Es war kein Wunder, dass sie die Blicke der anderen auf sich zog, als wir das Lokal betraten und schnurstracks auf den Tisch zusteuerten, den ich reserviert hatte.

Die anderen staunten nicht schlecht.

»Hi«, sagte sie.

»Hi«, sagten die anderen.

»Ich bin Yoki«, sagte sie und die anderen stellten sich vor. Ich setzte mich neben sie und blickte in die Essenskarte. Das gedehnte Schweigen, das aufkam, als sich Yoki gesetzt hatte, hielt nicht lange. Im Laufe des Abends wechselte die Atmosphäre und kippte in Ausgelassenheit. Bald saßen Yoki und Petra beieinander und unterhielten sich über die Heldentaten des Hannibal, der von 247 bis 183 v. Chr. gelebt hat. Fragen Sie mich nicht, warum ich mir die Zahlen gemerkt habe!

Sie lachten und bestellten das gleiche Essen. Ich war froh, dass das Eis gebrochen war und sich die anderen mit ihr verstanden. Auch Klaus war zufrieden und lobte mich für meinen guten Geschmack, was ich mit einem Augenzwinkern kommentierte.

Der Abend war lang und er war ein voller Erfolg. Wir hatten seit einer Weile nicht mehr so ausgiebig und herzhaft gelacht.

Beim Trinkspiel, an dem Yoki und Petra jeweils ein Glas Pflaumenschnaps exten, waren wir so ausgelassen, dass uns der Restaurantbesitzer ermahnen musste.

Gegen zwei Uhr verließen wir das Lokal, da wir hochkant hinausgeworfen wurden, und machten uns auf den Heimweg.

Es war teuer gewesen, ich denke, ich gab 50 Euro aus, was eine beträchtliche Stange Geld für meine Verhältnisse ist, aber es hatte sich trotzdem gelohnt. Ein wenig angetrunken war ich auch, aber das war nicht schlimm. Wir gingen in kleinen Grüppchen. Olivia mit Petra und Klaus – jeweils eingehakt – und ich und Yoki etwas weiter hinten. Sie hatte ihre Arme um meine Hüften geschlungen und ihren Kopf an meine Brust gelehnt. Es sah aus, als würde ich sie stützen, wenngleich das nicht stimmte, denn Yoki war noch bei gutem Verstand.

»Das war ein schöner Abend«, sagte sie.

Ich nickte.

»Das müssen wir öfter machen.«

»Hm.«

»Du hast nette Freunde.«

»Hm.«

»Die Petra mag ich gern.«

»Hm.«

Sie sah auf. »Was hm? Kannst du auch was anderes sagen?« Sie lachte und ich stimmte ein.

Später verabschiedeten wir uns mit einem langen und zärtlichen Kuss voneinander, der mir den Atem raubte. Die anderen hatten sich bereits zerstreut, sodass wir die Einzigen auf dem Platz waren, lediglich gestreift von Schatten. Umgeben von den Häusern und stillen Stadtpassagen.

»Morgen«, sagte Yoki. »Morgen Abend, du zu mir.«
Sie zeigte auf mich. Ich nickte. Wir lösten uns auf und
ich sah ihr nach, wie sie in einer Gasse verschwand.
Sie ist eine starke Frau, dachte ich. Und damals war
ich wirklich froh, dass ich sie kennengelernt hatte.
Aber das sollte sich ändern. Sie sehen, wir nähern uns
dem Punkt, der mein Leben von Grund auf verändert
hat und Ihres auch ändern wird. Es ist egal, an was
Sie glauben, werfen Sie es weg, denn was ich Ihnen
erzählen werde, ist der Anfang vom Ende.

Das Böse existiert.

Und es ist unbarmherzig.

Es begann am nächsten Tag. Dem Sonntag, wenn Sie
es genau wissen wollen, vor etwa zwei Nächten.

32.

Wie vereinbart, stand ich am Abend, gegen 19 Uhr vor Yokis Haustür und wartete, dass sie mich einließ. Genau wie ich lebte sie in einer bescheidenen Gegend, im dritten Stock eines Mehrfamilienhauses.

Neben der Klingel stand: Tarot. Das ist ihr Nachname.

Ich drückte den Knopf und wartete geduldig. Nach einer knappen Minute schwang die Tür auf und Yoki kam zum Vorschein. Sie war in eine Schürze gehüllt und ich konnte Rauch aus der Küche am Ende des Ganges sehen, der austrat, als würde es brennen.

»Alles okay?«, fragte ich mit dem Blick auf die Schwaden. Yoki umarmte mich.

»Alles gut. Das ist nur die Suppe.« Sie führte mich hinein und schloss die Tür hinter mir. Ich zog meine Jacke aus und warf sie über den Kleiderbügel an der Wand.

Yokis Wohnung bestand aus vier Zimmern. Ihrem Schlafzimmer, der Küche, einem kleinen Wohnzimmer und einer Vorratskammer, in der sie ihre Lebensmittel und Haushaltsgeräte bunkerte. Ich war bereits hier gewesen, aber es war das erste Mal, dass Yoki für mich kochte.

»Ich hoffe, du hast Hunger.« Erst jetzt bemerkte ich, dass sie einen Kochlöffel in der Hand hielt. »Ich habe eine Buchstabensuppe gemacht.«

Eigentlich hatte ich keinen Appetit, aber ich wollte Yoki eine Freude machen. »Ja, sicher. Das ist meine Lieblingssuppe.«

Sie ließ den Löffel auf meinen Arm knallen.

»Scherzkeks«, entgegnete sie und ging voraus.

Als ich das erste Mal zu Yoki ging, dachte ich darüber nach, wie ihre Wohnung wohl aussehen könnte. Ich malte mir eine skurrile Umgebung aus, mit schwarzen Wänden, Weihrauch, der durch die Gegend wabert, jeder Menge Kerzen, die brennend auf Tischen und Postamenten stehen, und einem Kassettenrekorder in der Ecke, aus dem die Töne einer klagenden Frau dringen. Glücklicherweise hat sich das nicht bewahrheitet. Im Gegenteil. Ihre Wohnung war so normal wie jede andere auch. Die Wände waren weiß, nicht schwarz. Es waren bunte Teppiche ausgelegt, kein Weihrauch, stattdessen lag der Geruch von Lavendel in der Luft und neben ein paar Postern von Filmen wie *der Herr der Ringe* oder *Eragon* oder *Narnia* gab es nicht viele Auffälligkeiten. Der gruselige Rekorder mit der heulenden Stimme existierte ebenfalls nicht.

Ich folgte Yoki in die Küche und sah, wie sie das Gemüse kleinschnitt und in den brodelten Kochtopf warf. Es war sehr ordentlich. Anders als bei Olivia, die einen Hang zur Nachlässigkeit hatte, war Yoki sauber und strukturiert. Die Gewürze waren in einem Holzgestell sortiert. Die Teller gespült und in den Schränken geordnet. Es gab keinen Dreck, keinen Staub und auch keine Ungereimtheiten. Das tangierte mich so stark, dass ich sie fragte, ob sie eine Putze beschäftige.

Daraufhin begann sie zu lachen. »Aber nein«, schnatterte sie. »Das nennt man eigenständiges

Saugen und Wischen.« Sie beugte sich hinunter, öffnete eine Schranktür und spähte hinein. Mit den Händen wühlte sie durch ein paar Dosen und Tüten. Ich musterte ihren Hintern. Dann kam Yokis Kopf wieder zum Vorschein. »Mist«, stöhnte sie. »Ich habe keine Karotten.« Sie lehnte sich an den Herd und biss sich auf die Lippen.

»Ist das schlimm?«, fragte ich.

Yoki hob die Brauen. »Lieblingssuppe, ja?« Sie schüttelte den Kopf. »In eine Buchstabensuppe gehören Karotten. Das ist genauso Pflicht wie ein Helm beim Rodeln.«

Ich dachte über diese Analogie nach. »Soll ich schnell welche holen?«, fragte ich. Ich wusste, dass sich zwei Straßen weiter ein Supermarkt befand.

Sie winkte ab. »Nein … aber du könntest in der Kammer nachschauen.« Ihre Augen leuchteten. »Vielleicht habe ich da noch welche.«

»Gerne.« Ich machte mich auf den Weg.

Aus der Küche rief Yoki mir nach: »Unterstes Fach, in einer Plastikbox.«

33.

Ich passierte den Gang und schritt ins Wohnzimmer. Es war anheimelnd. Von der Decke strahlte Licht. Zwei ältere Sofas standen am Rand. Davor ein Fernseher, der ausgeschaltet war. Ein Schrank gefüllt mit Gläsern und Tassen stand an der Rückseite des Raumes. Eine Tür befand sich links. Sie war so unscheinbar, dass sie beinahe in der Wand aufging. War sie geschlossen, war es schwer, sie auszumachen, jedoch ließ Yoki sie immer einen Spalt offen, damit sie sie schneller fand, wenn sie etwas brauchte.

Ich öffnete die Tür und trat ein. Am Rand war ein kleiner Lichtschalter. Ich betätigte ihn und sah eine Glühbirne flackern.

Schließlich leuchtete sie durchgehend.

Spinnweben waren an den oberen Kanten zu sehen. Drei Regalreihen aus Holz taten sich auf. Alle waren gefüllt mit Boxen aus Plastik, Tüten, Dosen, eingepackten Broten, Marmeladengläsern und anderen Dingen. Es roch nach Zitronen und etwas Käse.

Ich suchte nach der Stelle, die mir Yoki beschrieben hatte, fand sie und öffnete einen Verschluss. Darin befanden sich neben Karotten auch andere Gemüsesorten.

Sie so zu lagern kam mir komisch vor, aber die Karotten waren in gutem Zustand, weshalb ich mich zufriedengab.

Ich wollte gerade gehen, als ein Luftzug meinen Nacken streifte und mich zum Stehen brachte. Dieser

Luftzug war seltsam, denn er war nicht von vorne gekommen, was logisch gewesen wäre, da sich da die Tür befand und ein offenes Fenster im Wohnzimmer, sondern von hinten, von der Wand.

Ich drehte mich um. Was für ein Fehler, Sie können es sich gar nicht vorstellen!

Ich stand in dieser Kammer und die Neugier packte mich. Was könnte das gewesen sein? – Die typische Frage eines ahnungslosen Narren, der dabei war, den letzten Schritt in den Abgrund zu tun.

Ich legte die Stirn in Falten und prüfte die gegenüberliegende Wand. Sie war mattgrün, anders als das Wohnzimmer. Davor stand ein Staubsauger. Ich trat auf ihn zu und legte meine Hände auf die Steinfläche. Vorsichtig tastete ich an der Wand entlang.

Seltsam, dachte ich. Mit den Fingern fuhr ich über die Unebenheiten und kleinen Rillen. Ich spürte die solide Steinschicht. Etwas Farbe bröselte ab und rieselte hinunter.

Plötzlich nahm ich die Hand weg.

Ich zögerte. Da war ein Luftzug gewesen, direkt an meinen Fingern.

Ich legte die Karotten in ein Schrankfach und schob den Staubsauger beiseite. Mit den Fingern berührte ich die entsprechende Stelle.

Tatsächlich, da war ein Luftzug. Ich nahm die andere Hand zu Hilfe, setzte sie ein Stück darunter und drückte leicht. Ruckartig nahm ich die Hände weg. Der Umriss einer Tür löste sich aus der Wand heraus.

110

Sie quietschte, als sie zur Seite fuhr.

Ich staunte nicht schlecht und prüfte, ob Yoki in der Nähe war, aber da sie nicht kam und meine Neugier die Oberhand gewonnen hatte, beschloss ich, die neuartige Gegend zu erkunden.

Hinter der Tür erkannte ich eine Treppe, die nach unten in einen Raum führte. An den Wänden hingen Bilder. Es waren keine Fotos oder Darstellungen, sondern Zeichen. Seltsame Formen, die an eine veraltete, aus der Frühzeit stammende Sprache erinnerten. In jedem dieser Rahmen war ein Symbol auf schwarzen Hintergrund gemalt.

34.

Rotes Licht tauchte die Stufen in trostlose Dämmerung. Ich ging vorsichtig voran und setzte einen Schritt nach dem anderen. Die Stufen knarzten etwas, aber sie waren nicht zu laut. Umso weiter ich kam, desto mehr konnte ich sehen.

Es war ein breites Zimmer. Die Wände waren schwarz. Kerzen brannten. Von der Decke hingen Totenschädel, die an Seilen baumelten. Als ich einen berührte, packte mich Erleichterung. Sie waren nur aus Plastik. Links befanden sich Truhen, die verschlossen waren. In einem Glasschrank standen Gefäße, die mit farbigen Flüssigkeiten gefüllt waren. Grün, blau, rot oder rosa, es war alles dabei. Der Teppich auf dem Boden zeichnete die Form eines Pentagramms, eines fünfzackigen Sterns nach. In einem Regal standen Bücher, auf deren Rücken ich Muster von Sternen, Monden und der Sonne erkennen konnte. Darunter befand sich die Figur eines Zauberers mit blauer Kutte, der die Hände zu Fäusten geballt hatte und sie abwechselnd reckte. Er strampelte mit den Beinen, wedelte mit dem Kopf und seine Augen leuchteten rötlich. Er rief: »Ich verzaubere dich! Ich verzaubere dich!«

An der anderen Wand stand ein Schreibtisch. Er war mit Papier überladen. Blätter waren an die Wände getackert. Darauf waren Symbole gezeichnet, neben die Wörter geschrieben waren, die ich nicht lesen konnte. Ein Papier zeigte die Umrisse eines großen Kessels.

Ich las über die Seiten und runzelte die Stirn. Das war eine vollkommen fremde Sprache, die ich nicht verstand.

Ich ging weiter und blieb vor einer menschengroßen Vitrine aus Glas stehen, die mich in ihren Bann zog.

Darin, Sie werden es nicht glauben, stand die lebensgroße Figur eines Clowns. Auf einem Metallschild, am unteren Rand der Vitrine, stand: Ganga.

35.

Er sah aus, wie man sich einen Clown vorstellt, und doch war er anders. Anstatt langer Haare besaß er zwei rote Zöpfe, die ihm seitlich aus dem Kopf wuchsen wie Äste von einem Baum. Seine Haut war weiß wie der Schnee. Die Augen schattiert und die Lippen knallrot. Seine Stiefel waren gelb, das Wams dunkelgrün und die Puffärmel gelb. Er trug Handschuhe, die an den Spitzen gelbe Kleckse aufwiesen. Die Hose war in bunten Farben geringelt – wie eine Spirale.

Wie er dastand, leblos, schreckte er mich ab. Dennoch blieb ich stehen und betrachtete den Clown, als stünde ich auf einer Ausstellung für seltene Artefakte. Ich weiß nicht, was mich mehr bedrängte. Die Tatsache, dass ein lebensgroßer Clown vor mir stand – oder dass Yoki einen solchen besaß?

Ich fragte mich, woher sie diese Statue hatte und was sie damit wollte. Die Symbole, die Zeichen, der unheimliche Ort, der mehr einem Geheimlabor für mystische Spinner ähnelte als einem Hobbyraum.

Nichts davon machte Sinn.

Am liebsten wäre ich gegangen, aber ich konnte meine Augen nicht von diesem Clown lösen, der seine Augen geschlossen hatte.

Ich stellte mich vor das Glas der Vitrine – wir waren ungefähr gleich groß. Er stand steif da.

Ich musterte die spitzen Mundwinkel, die rote Nase, die faltigen Wangen, die schneeweiße Haut. Die Zöpfe, dann die schwarzen Lider, die geschlossen

waren. Ich sah direkt durch das Glas und dann …
dann machte der Clown die Augen auf.

Ich gab einen panischen Schrei von mir und ruderte
zurück. Mit den Fersen stolperte ich über eine Truhe
und fiel. Ich schwang die Arme, versuchte Halt zu
finden, aber es war vergeblich. Mit dem Rücken
knallte ich auf den Boden und spürte einen
Schmerzstich, der sich meine Hüfte hocharbeitete. Ich
keuchte. Schweiß lief mir über die Stirn. Ich sah auf
die Vitrine und erkannte den Clown, der den Kopf
gedreht hatte und mich ansah. Er lächelte. Dann fuhr
ich herum, sah zur Treppe und dort stand Yoki, den
Kochlöffel in der rechten Hand und einen Ausdruck
der Fassungslosigkeit auf dem Gesicht.

Sie schrie. Ich begann ebenfalls zu schreien. Dann
warf sie den Kochlöffel nach mir. Er traf mich an der
Stirn und ich sackte zurück zu Boden. Für einen
Moment hatte ich einen schwarzen Vorhang vor den
Augen. Ein Klackern war auf den Stufen zu hören, als
Yoki auf mich zukam. Sie packte mich am Kragen und
riss mich die Stufen hoch. Ich war nicht unbedingt
schwer, aber auch nicht leicht, dennoch schaffte es
Yoki, mich über die ersten fünf Stufen zu wuchten,
ehe ich die Augen aufschlug. Ich sah sie und starrte
dann auf den Clown. Seine Augen waren geschlossen.
Er stand ungerührt da.

»Was fällt dir ein!«, brüllte Yoki.

36.

Sie sah fürchterlich aus. Ihre Zöpfe hatten sich gelockert und das zusätzliche Haar bedeckte ihre Stirn und ihr halbes Gesicht. Ich konnte Funken von Tränen sehen. »Du solltest Karotten holen – bloß Karotten!« Sie ließ mich los und verpasste dem Treppengeländer einen festen Schlag mit der Hand, sodass das Holz knarrte.

»A-aber ich … «, versuchte ich mich zu verteidigen. Erneut packte mich Yoki am Kragen und riss mich hoch. »STEH AUF!«, schrie sie und ich ruderte in die senkrechte Haltung. Meine Beine wackelten, meine linke Stirnseite pochte von dem Kochlöffel. Ich streckte meine Hände aus, wollte Yoki berühren, ihr sagen, dass es mir leidtat und dass wir über alles sprechen konnten, aber sie schlug meine Finger beiseite und fasste mich an den Haaren. Sie zog und es tat weh. »Verschwinde«, rief sie bedrohlich. Ihre Worte brannten in meinen Ohren. »Los jetzt. Oder ich bringe dich um!« Sie ließ mich los und wandte sich ab. Ich unterdrückte die Schmerzen und erklomm eine Stufe hoch.

»Yoki …«, flüsterte ich. Ein letzter Versuch.

»LOS!«, brüllte sie und ich stürmte davon. Ich verließ die Kammer, erreichte den Gang, nahm meine Jacke und verließ die Wohnung. Ich rannte, so schnell mich meine Beine tragen konnten, und ich hörte erst auf, als ich in meinem Zimmer war und die Tür hinter mir zuknallte. Kraftlos und niedergeschlagen sank ich hinunter und blieb auf dem Bett sitzen.

Dann weinte ich lange und bitterlich. Ich war so zerstreut, dass ich nicht wusste, was ich tun sollte. Dutzende Gedanken stiegen mir in den Kopf. Ich ging immer wieder durch, was Yoki gesagt hatte, wie sie sich verändert hatte. Ich sah sie vor meinen Augen – auch den Clown, wie sie dastanden und mich ansahen, als wäre ich ein wildgewordenes Tier. Meine Beine zitterten und ich merkte, dass mein Magen rebellierte. War das das Ende meines Glücks? Es war die zentrale Frage. Nach einer Abfolge von Erfolgen, die mit meiner Ankunft und der anschließenden Freundschaft zu Yoki ihren Höhepunkt erreicht hatten, erlebte ich nun meinen ersten tiefen Fall. Ich hatte Angst, da ich dachte, Yoki meine es ernst und sie wolle wirklich nichts mehr von mir wissen. Erst jetzt erkannte ich, wie lieb ich sie gewonnen hatte und was sie mir bedeutete.

Die Wahrheit war … Ich konnte nichts tun, außer auszuharren, zu weinen und durch mein Zimmer zu wandern – immer im Kreis wie ein rastloser Pilger und darüber nachzudenken, was ich tun könnte.

Von unten drang Musik zu mir hoch. Es war das Letzte, das ich hören wollte.

Ich setzte mich auf den Stuhl und schloss die Arme um mich. Als ich mich erhob, meine Schuhe auszog und mich ins Bett legte, hatte ich den Eindruck, meine Kniescheiben würden wie Scharniere quietschen. Ich zog die Decke bis zum Hals und heulte weiter. Mein Handy lag auf dem Boden und ich überlegte, ob ich jemanden anrufen sollte – ob ich Yoki anrufen sollte?, aber ich fürchtete mich vor ihrer Reaktion. Einen Freund konnte ich ebenfalls nicht anrufen, da mir nicht klar war, was mir das bringen sollte. Ein paar warme Worte vielleicht? Ich ließ es bleiben, drehte mich auf die Seite und schloss die Augen. Ich wollte nur schlafen und nichts von der Welt wissen. Jedoch sollte es anders kommen. Denn die Welt hatte noch eine Menge mit mir vor.

Ich weiß nicht genau, wie er es gemacht hat und was genau vorgefallen ist. Ich schlief ja. Alles was ich weiß, ist, dass ich gegen drei Uhr in der Nacht, während die Stadt tief und fest schlief, von einem Geräusch erwachte, mich aufsetzte und eine halbe Herzattacke bekam, als ich Ganga, den Clown in meinem Zimmer stehen sah.

37.

Das war der schlimmste Moment meines Lebens. Ich konnte nicht mal schreien, da mich der Schock an die hintere Wand bugsierte.

Der Clown sah aus wie in der Vitrine, nur dass das Glas weg war. Ich sah die Zöpfe, die aus seinem Kopf wuchsen wie Stangen, die umrahmten Augen, die freudig glänzten, den gespaltenen Mund, die weißen Zähne, die gelben Puffärmel und die dünnen Beine. Hinter ihm war das Fenster geöffnet. Der Clown musste wohl durch das Fenster hereingekommen sein.

Ganga setzte einen Fuß vor und vollführte eine Verbeugung, die andere Hand auf dem Rücken. Ich schluckte. Die Sache war mir nicht geheuer. Was tut der Clown hier?, fragte ich mich. Und warum ist er lebendig?

Ganga richtete sich wieder auf. Er lächelte noch. Es war, als wären seine Gesichtszüge gemeißelt. Er steckte seine rechte Hand in den linken Ärmel und rüttelte darin herum.

Ich zog die Decke hoch.

Mit einer flinken Bewegung zog er einen Blumenstrauß hervor und reichte ihn mir über das Bett. Ich betrachtete den Strauß furchterfüllt und machte keine Anstalten, ihn zu greifen.

Gangas Mundwinkel bogen sich nach unten. Er blinzelte traurig. Schnell nahm er den Strauß zurück und drehte sich um. Offenbar begann er die Blumen zu bearbeiten, denn ich konnte seine Arme rotieren sehen und Geräusche von einem Hammer und Nägeln waren zu hören.

Dann drehte er sich wieder um und präsentierte seine Kreation: Einen Luftballonhund in rosa Farbe. Ich hob die Brauen und musterte den Hund.

Gangas Lächeln verflog. Er betrachtete den Hund, dann mich, dann wieder den Hund. Enttäuschung trat in seine Augen. Er drehte sich um und begann, den Hund zu bearbeiten.

Ich wartete und überlegte, was ich tun könnte, um diesen Spuk zu beenden. Mir kam die Tür in den Sinn, aber Ganga war zu nahe, als dass ich sie erreicht hätte. Das Fenster war eine weitere Option, aber sie erforderte flinkes Vorgehen, Glück und einen Plan B, sollte ich auf dem Dach ausrutschen und die Ziegel hinabschlittern.

Ganga drehte sich und zeigte, was er gemacht hatte. Diesmal war es ein Aufziehmännchen aus Holz mit einem weißen Faden im Beinbereich, an dem man ziehen konnte. Es hatte ein rundes Gesicht, eine rote Kappe auf dem Kopf und hielt in beiden Händen jeweils eine Pistole. Ganga reckte einen Finger, als wollte er sich meiner Aufmerksamkeit versichern. Dann umfasste er die Schnur und zog.

Die Figur rührte sich und klappte die Arme und Beine auseinander. Musik spielte. Es war eine klassische Melodie. Ich taxierte das Schauspiel, die Decke hochgezogen wie ein kleines Kind. Das Männchen bewegte sich wie ein Hampelmann. Auf und ab, auf und ab, auf und ab, auf und ab.

120

Plötzlich verdüsterte sich seine Miene und die Augen wurden schmal. Der Mund kräuselte sich und ich hörte ein wütendes Ächzen. Die Pistolen wurden lebendig. Aus den Läufen erklang ein Zischen, als das Männchen sie hob und auf mich richtete.

Mist, dachte ich.

Mit voller Beinkraft warf ich mich aus dem Bett. Das Männchen schoss und zwei faustgroße Löcher schlugen in die Wand hinter mir ein.

Ganga kicherte.

Das Männchen murrte. Es stieß einen Pfiff aus und navigierte die Waffen zu mir. Die nächsten Kugeln verfehlten mich knapp und schlugen mit voller Wucht in den Schreibtisch ein, der nach hinten flog und zwei Beine verlor. Dokumente und Papiere verteilten sich auf dem Boden.

Ich hatte nur eine Chance. Aus den Augenwinkeln sah ich das Männchen. Es lud nach. Ganga stand dahinter, er war beinahe in den Hintergrund gerückt. Dummerweise stand er vor der Tür, sodass ich nicht durch sie fliehen konnte.

Also blieb mir nur das Fenster.

Ich rannte los. Fünf Schritte trennten mich von der Freiheit.

Das Männchen hob die Waffen und zielte, ich sah es, denn ich blickte zurück.

Erschrocken riss ich die Augen auf. Im Lauf der Waffen steckten zwei rosa-farbige Aufsätze, die wie Schirme aussahen.

Das Männchen kniff ein Auge zu, zielte und schoss.

Ich wurde von den Füßen gerissen, ehe ich das Fenster erreichte.

38.

Beim Drehen verlor ich den Halt und stürzte. Glücklicherweise landete ich nicht, sondern wurde von den Geschossen erwischt, die sich als schleimige Gummibälle herausstellten, die sich im Flug vergrößerten und mich mit Gewalt an die Wand drückten. Ich konnte mich nicht bewegen. Meine Sinne schwanden. Meine Sicht wurde glasig. Meine Hände und Füße waren gefangen. Der Großteil meines Körpers steckte jetzt in diesen rosa Bällen drin, die mich umschlangen wie Kletterpflanzen. Sie rochen verführerisch nach Kaugummi und Sahne.

Als sich die Umgebung aufklarte, stand Ganga vor mir. Das Männchen war verschwunden. Er lächelte, doch diesmal war es ein böses Lächeln. Ich öffnete den Mund, wollte schreien, aber Ganga legte mir eine behandschuhte Pranke auf den Mund und verschloss meine Lippen. Mit der anderen griff er an meinen Nacken und zog.

Ich weiß nicht, woran er zerrte, aber ich wurde aus den Bällen gelöst und baumelte plötzlich in der Luft, wobei ich kleiner und kleiner wurde – immer kleiner. Auf einmal waren die Wände unverhältnismäßig groß, die Schränke olympisch und Ganga so gewaltig wie ein Riese. Ich quiekte. Es muss sich wie das Piepsen einer Maus angehört haben.

Ganga reckte mich hoch, öffnete den Mund, so weit er konnte, und ich fiel …

Fiel …

Mitten in die Finsternis …

39.

Ich landete auf etwas, das nass, feucht und glitschig war. Es war stockdunkel und ich konnte nichts ausmachen. Der Grund fühlte sich lebendig an.

Ich wollte mich nicht rühren und dachte, ich müsste ewig auf der Zunge verharren, als Licht anging. Es war bunt und es kam von der Decke. Dort baumelten Leuchten, die grün, blau und rötlich brannten.

Es ging sehr schnell. Bevor ich meine Umgebung sondieren konnte, setzte Musik ein.

Es war der „Einzug der Gladiatoren" von Julius Fučík, das berühmte Zirkuslied, und es kam nicht aus irgendwelchen Lautsprechern, sondern aus den Zähnen. Ich stutzte, als ich die Zahnreihen bemerkte, die mich im Halbkreis umrundeten und fest aufeinanderlagen. Von draußen mochten sie unscheinbar gewesen sein, von drinnen waren sie hohl und in jedem Zahn saß eine kleine Figur vor einem Orchester, das aus weiteren Figürchen bestand und mit Instrumenten ausgestattet war. Die Figürchen waren Clowns. Ganz vorne standen die Dirigenten. Sie waren etwa so groß wie ein Arm und schwangen ihre Stäbe mit Präzision durch die Luft.

Die Musik war dröhnend, die Musiker unerbittlich. Da ich nunmehr sehen konnte, wagte ich aufzustehen. Für die Frage nach der Träumerei war keine Zeit. Ich konnte es mir nicht leisten zu zweifeln, denn dafür war meine Umwelt zu echt. Ob ich wollte oder nicht, ich befand mich im Mund eines Clowns.

Die Lichter tanzten an der Decke, die Orchester

spielten und ich stand auf einer menschenähnlichen Zunge, die an den Rand des Zahnbettes drückte. Äußerlich ähnelte sie der Zunge eines Menschen, war jedoch ab der Hälfte weiß angestrichen und mit einem roten Pfeil versehen, der nach vorne, auf den Schlund deutete. Dorthin, wo ein großes Loch den Einstieg in eine Gegend offenbarte, die ich nicht sehen konnte. Lediglich gelbes Licht strahlte dort aus der Tiefe heraus.

An den Wangeninnenseiten sah ich goldene Rohre, die mit der Haut verbunden waren. Sie bildeten bunte Spiralen. Oberhalb der Rohre befanden sich Trichter, in die eine weiße Masse eindrang, die durch Löcher an der Decke nach unten glitt. Ich musste nicht lange nachdenken. Das war Speichel. Er landete in den Trichtern und sammelte sich in den Rohren.

Und unterhalb … ich hielt den Atem an.

40.

Unterhalb befanden sich umzäunte Attraktionen, bestehend aus mechanischen Figuren, die wie Clowns aussahen und über den Boden flanierten, wobei es den Anschein erweckte, als würden sie geschoben. Sie vollführten immer denselben Ablauf: Die Clowns drehten sich und verharrten dann am unteren Satz der Schläuche, wo sich ein Hebel befand. Sie betätigten ihn und füllten eine gelbe Plastikbüchse mit etwas, das wie Softeis aussah.

Dann ging die Fahrt weiter. Die Clowns aßen das Speicheleis und fuhren zurück zum Hebel, um die Büchsen aufzufüllen. Und das immer wieder im Kreis.

Ich verzog das Gesicht. Der Anblick des Speichels war ekelhaft.

Während die Musik spielte, versuchte ich meine Gedanken zu ordnen. Ich spürte, wie mein Herz raste. Jedes Mal, wenn sich meine Socken von der Zunge hoben, rekelte sich eine wulstige Speichelschnur unter meinen Füßen und wabbelte ekelerregend. Der Lärm und die Melodie machten es schwierig, einen klaren Gedanken zu fassen. Ich hatte nur ein Ziel und das war, hier herauszukommen, aber ich wusste weder wie noch wohin ich gehen konnte oder sollte.

Neben mir vollführten die bizarren Objekte ihre fortlaufende Tätigkeit. Die Figuren füllten ihre Eisbecher, das Orchester spielte, die Decke glühte und schwenkte ihre farbigen Lichter und die Zunge begann zu rütteln.

Ich wurde von den Füßen gerissen, als die Zunge zuckte. Mit den Händen versuchte ich nach etwas zu greifen, aber ich fand nichts. Ich drehte mich auf den Bauch und robbte nach vorne. Meine Idee war, mich an den Zähnen festzuhalten. Diesmal war die Feuchtigkeit auch hilfreich, denn sie trieb mich vorwärts. Die Zunge rückte weiter Richtung Abgrund und ich wusste, was sie vorhatte - als meine Finger einen Zahn ergriffen und eisern umklammerten.

Die Zunge stoppte abrupt. Ich keuchte erleichtert. Ihre Spitze befand sich jetzt etwa an meinem Becken. Langsam schob sie sich wieder zurück.

Ich atmete aus.

Kein Sturz in den Abgrund, dachte ich.

41.

Eine Bewegung vor meinen Augen ließ mich aufsehen. Ein Clowndirigent im Zahn hatte aufgehört zu dirigieren und sah mich durchdringend an. Er fluchte – ich konnte es nicht genau hören – und wedelte erbost mit dem Stab. Dann trat er von seinem Podest herunter und beugte sich über den Rand des Zahns.

Ich schüttelte den Kopf. Etwas zu sagen hätte mir wenig gebracht, da die anderen Zähne unaufhörlich weiterspielten. Panisch musste ich zusehen, wie der Dirigent den Stab schwang und ihn in meine linke Hand bohrte. Der Erfolg dieser Aktion trat unvermittelt ein. Der Schmerz war so stark, dass ich beide Hände wegzog. Ehe ich sie bei mir hatte, begann die Zunge wieder zu leben.

Ein gedrücktes Stöhnen trat als Echo aus der tiefen Unklarheit des hinteren Abgrundes heraus. Die Zunge bebte. Sie ruderte zurück und schwang nach oben. Ich wurde in die Luft katapultiert und befand mich im freien Fall. Jetzt gab es nur noch einen Weg und der führte nach unten. Die weiße Schicht mit dem Pfeil zog als hämisches Abbild an mir vorbei. Der Pfeil deutete hinunter – das hatte er die ganze Zeit getan.

Ich schrie, auch wenn mich niemand hören konnte. Die Musik lief weiter. Mit den Beinen und Händen versuchte ich nach Unebenheiten zu greifen, aber ich rutschte ständig ab. Der Abgrund lag vor mir. Das gelbe Licht flutete die Wände, die in bunten Farben schillerten. Sie ähnelten den Speichelrohren und wanden sich als melierte Mixtur den Tiefgang hinab.

Ich stürzte über den Rand und in das Loch, die Arme fest an meinen Körper gepresst. Ein Luftstrom fegte an mir vorbei. Es roch süßlich nach Zucker und Schokolade. Die grellen Farben umkreisten mich. Ich drückte den Kopf in den Nacken und sah nach oben.

Dort, direkt am Ende, prangte ein Abbild von Ganga an der Decke. Die Figur lächelte grimmig – so übertrieben bösartig, dass es mir kalt den Rücken herunterlief.

42.

Dann fing mich etwas auf.

Ich krächzte, als ein herber Schlag meine Aufmerksamkeit auf sich zog. Der Weg in den Abgrund gabelte sich und führte jetzt nicht mehr so steil nach unten. Ich saß auf einer Rutschbahn, einer dieser Bahnen, wie man sie aus dem Schwimmbad kennt. Über mir flackerten Lichter. Die Musik war hektischer. Die rauen Töne schallten aus einer mir unbekannten Quelle an meine Ohren. Ein Gesicht tat sich vor mir auf. Das Antlitz einer Fratze. Sie hatte den Mund aufgerissen und bildete damit den Fortgang der Rutsche nach.

Ich tauchte in einen roten Kanal ein, dann einen blauen, dann einen gelben und schließlich in einen grünen. Die Wände waren grell und undurchsichtig. Zudem nahm die Geschwindigkeit zu. Mein nasser Rücken und feuchter Hintern beschleunigten die Fahrt. Ich konnte nicht bremsen, und wenn ich es versuchte, rutschten meine Arme und Beine auf der glatten Oberfläche aus.

Die Fahrt ging nicht sehr lange, aber mir kam sie wie eine Ewigkeit vor. Endlich tauchte das Ende in Form eines weiteren Gesichts mit glühenden Augen auf. Ein mechanisches Lachen war zu hören. Ich wurde aus der Rutsche geworfen und durch die Luft geschleudert. Mit einem dumpfen Aufprall landete ich auf einem gelben Wasserbett, das den mittleren Bereich einer Klippe ausfüllte. Ich landete auf dem Bauch und blieb reglos liegen. Das Wasserbett wabbelte unter mir. Mein Kopf brannte ein bisschen – von den Farben, die auf mich eingestrahlt hatten.

Nur langsam kam ich zu mir und fand die Kraft, mich aufzurichten. Ich setzte mich auf und sah mich um. Das Ende der Rutsche befand sich unerreichbar in der Höhe, mindestens sechs Meter entfernt. Es ragte aus der Wand, die aus blankem, rotem Fleisch bestand. Sie war nass und Speichelfäden tropften hinunter wie Glasperlen an einer Fensterscheibe. Die Matratze befand sich in der Mitte der Klippe ohne Geländer. Ich stand auf und schritt an den Rand der Klippe, wobei ich behutsam vorging, um nicht auszurutschen. Der Anblick, der mich erwartete, bedrückte mich. Unter mir waberte eine rosa Flüssigkeit, die aussah wie geschmolzenes Kaugummi. Die Masse blubberte, als würde sie kochen, und kleine Rauchwölkchen stiegen auf. Das Gebräu war überall, an die Wände gepresst und in ständiger Bewegung, als würden unsichtbare Löffel es aufwühlen.

Wahnsinn, dachte ich.

Ich starrte auf die Masse und wandte mich dann ab.

Mein Weg führte zu einem Durchgang, der in einen anderen Raum mündete. Mein Hintern tat von dem Aufschlag weh und ich hatte das dringende Bedürfnis, etwas zu trinken.

43.

Als ich den Durchgang passierte, fiel mir weißes Licht entgegen, sodass ich einen Arm heben musste. Aus den Augenwinkeln konnte ich einen großen Raum ausmachen, wobei Raum die falsche Bezeichnung ist. Es handelte sich vielmehr um eine Gegend, eine Landschaft, wenn Sie so wollen. Immerhin vergaß ich nicht, dass ich mich im Körper eines Clowns befand.

Im hinteren Bereich befand sich ein Zirkuszelt. Davor standen – zu meiner Überraschung – sieben Personen, Jungen und Mädchen, im Kreis und redeten miteinander. Als mich ein Mädchen entdeckte, machte sie die anderen auf mich aufmerksam und sie drehten sich ebenfalls um. Zuerst starrten sie mich einfach nur an.

Ich blieb stehen und starrte zurück.

Dann nahmen sie die Beine in die Hand und liefen mir entgegen. Es waren vier Jungen und drei Mädchen verschiedenen Alters, wenngleich wohl niemand jünger als 16 war.

Ich wartete, bis sie mich erreichten, und stützte die Hände auf die Knie.

Ich war erschöpft, aber auch erleichtert, dass ich nicht der einzige Mensch hier war. Vielleicht waren diese Personen ja in der Lage, mir zu helfen? Vielleicht konnten sie ein paar Fragen beantworten und mir erklären, was wir hier taten und wie wir diesen Ort wieder verlassen konnten? Nervosität packte mich. Eine innere Stimme warnte mich vor diesen Personen, denn immerhin, so dachte ich, war hier nichts, wie es schien.

Sie trafen ein. Ich erkannt, dass wir uns äußerlich recht ähnlich waren: schmutzig, stellenweise feucht, zerfleddert. Manche hatten lange Haare und sahen aus, als wären sie bereits länger hier. Entschlossen hob ich die Hand und die anderen erwiderten meinen Gruß, indem sie die Geste wiederholten. Ein junger Mann trat vor. Er hatte einen kurzen Bart, trug ein verschmiertes T-Shirt und hatte blondes Haar, das ihm über die Ohren fiel. Seine Nase war krumm, aber das fiel nicht wirklich auf.

»Sei gegrüßt«, begann er. »Wie ist dein Name?«

Ich antwortete, ohne zu Zögern: »Larry.«

Er kam einen Schritt näher. »Hallo Larry, mein Name ist Marvin. Und das sind Jessica, Christoper, Valentin, Quentin, Mirian und Laura.« Er stellte jeden einzeln vor. Der jeweilige Namensträger nickte kurz. »Wir sind wie du, Gefangene.«

Gefangene, dachte ich. Dieses Wort bereitete mir eine Gänsehaut. Ich sah zur Seite und erblickte die meterhohen Wände aus blankem Fleisch. Manche Areale bebten, als würde etwas von der anderen Seite dagegenschlagen. Speichel und gelbliche Flüssigkeit, die vermutlich Saft war, rann an den Abläufen hinunter und die Klippe, die ich bei meiner Landung bemerkt hatte, war hier nicht zu Ende.

Als ich nach links sah, bemerkte ich den Abhang, der den Rand der ebenen Fläche markierte. Darunter – ich konnte es nicht sehen, aber ich vermutete es – trieb das rosa Kaugummi.

Ich sah wieder zu Marvin, der mich musterte. Schwermut lag in seinen Augen. Die Art, wie er dastand, ein wenig träge, wenngleich er versuchte, aufrecht zu wirken, das Zittern seiner Mundwinkel, der Schatten in seinem Blick. Den anderen schien es ähnlich zu gehen.

Einer der Jungen war sehr dünn. Beinahe knochig. Er hustete und presste sich eine Hand vor den Mund. Es schien, als würde ein hohes Maß an Willenskraft verhindern, dass er sich auf den Boden legte und einschlief. Wenn ich ihn richtig zuordnete, war sein Name Quentin. Er hatte kurzes Haar und ein schmales Gesicht mit kantigen Zügen. Das Hemd, das er trug, war an der Seite zerrissen. Offenbar hatte er sich an einem Bein verletzt.

»Was ist das hier?«, fragte ich. Eigentlich kannte ich die Antwort, aber ich wollte sie von anderen hören. Eine Art Bestätigung, um sicherzugehen, dass ich nicht doch träumte und jeden Moment erwachen würde.

Marvin musterte mich mitfühlend. »Wir sind im Magen eines Clowns, mein Freund. In Gangas Magen, um genau zu sein.«

Im Magen eines Clowns, dachte ich. Dann war es wahr.

44.

Natürlich war es das!

Ich selbst war Zeuge dessen geworden, was ich noch vor Stunden als Fantasterei abgetan hätte. Das Unmögliche war wahr geworden.

Ein junges Mädchen trat vor. Sie strahlte etwas Einzigartiges aus. Wagemut. Jemand, der sich nicht so leicht unterkriegen ließ. Ihre wuscheligen Haare umwehten ihren Kopf, der in seiner runden Form an eine Nuss erinnerte. Sie hatte Sommersprossen und klare, blaue Augen. »Wieso bist du hier?«, fragte sie. Ich sah sie an. Etwas perplex über die plötzliche Frage. »Was hast du mit ihr gemacht?«

Mit ihr?, dachte ich. Bevor ich den Gedanken intensivieren konnte, trat Marvin vor und deutete hinter sich. »Nachher, Jessica. Er ist sicherlich verwirrt und schwach vom Sturz. Bringen wir ihn ins Zelt.«

Er kam auf mich zu. Ich machte keine Anstalten, zurückzuweichen. Anscheinend waren wir alle ein Teil des gleichen Spiels, dessen Ausgang keine Gewinner kannte. Er legte mir einen Arm um die Schultern und navigierte mich an den anderen vorbei in Richtung des Zelts. Die anderen folgten uns schweigend. Mir fiel auf, dass der Magengrund matschig war und leicht nachgab, sobald man darauf trat. Überall lagen kleine Bündel von Schleim herum, die aufragten wie Ameisenhügel. Von der Decke, weit oben, wo Löcher aus den Wänden ragten, die in eine triste Dunkelheit mündeten, strahlte eine grelle Lampe herunter, die anstatt von einem Lampenhalter von einer weißen Hand gehalten wurde. Die Lampe rührte sich in kurzen Abständen und manövrierte hin und her – ziellos, als hätte sie die Bestrebung, jede Ecke einmal zu beleuchten.

Das Zelt war groß und ähnelte typischen Zirkuszelten aus der wirklichen Welt. Dieses hatte rot-weiß gestreifte Planen und bildete einen Komplex, der von vier Seitenzelten ergänzt wurde, die mit Schnüren verbunden waren. An der Spitze hingen kleine Wimpel, die nicht wehten, da es windstill war. Mir fiel auf, dass keine Musik zu hören war. Außer den Geräuschen, die entstanden, wenn wir auftraten, und dem Blubbern der rosa Masse am Rand der Insel.

Marvin führte mich auf eine rote Auslage und schlug die Plane zurück. Dahinter erschien ein breiter Raum, in dem sich nichts außer Schlafsäcken, ein paar Bänken und jeder Menge Truhen befanden.

Ich konnte vier Gestalten sehen, die auf den Bänken saßen und sich unterhielten. Zwei Männer und zwei Mädchen. Die Männer waren bereits älter – ich schätzte sie auf etwa 28 und 35 Jahre. Sie waren genauso heruntergekommen wie wir und ihre Gesichter waren bärtig und ungepflegt.

45.

Sie unterbrachen ihre Unterredung, als wir uns näherten. Von der Decke strahlte Licht herunter. Es war ein helles Grün, sodass es aussah, als stünden wir in einem Pflanzengewächshaus. Dunkle Schatten wuchsen an den Rändern des Zeltes, dort wo das Licht nicht hinkam und wo sich außer Leere scheinbar nichts befand.

Die Männer auf der Bank musterten mich. Das schmächtigere Mädchen – sie war vielleicht 19 und hatte kurze Locken –, lächelte verkniffen. Es war ein betrübtes Lächeln. Es sagte so viel wie: Willkommen in der Hölle, Pirat.

Marvin führte mich zu einer Bank und ich setzte mich hin. Es tat weh, da mein Hintern von der Fahrt noch geprellt war, aber gleichzeitig fühlte ich die Entspannung meiner Glieder, die so umfangreich war, dass ich kurz die Augen schloss und erleichtert stöhnte.

Als ich die Augen öffnete, saßen die anderen im Halbkreis um mich herum. Manche hatten sich auf die Bänke gesetzt, die anderen auf den Boden, im Schneidersitz. Mit entging nicht, dass der Grund des Zeltes nicht aus Fleisch, sondern aus dunklem Holz bestand. Er war stabil, wenn man auf ihn trat. Eine Manege oder ein Gradin für die Zuschauer fehlte. Es gab nur die Bierbänke und die Truhen. Masten stabilisierten die Wände. An den Spitzen formten sie sich zu einer Hand, die den Zeigefinger gestreckt hatte. Darauf ruhten die Planen.

Ich blinzelte überrascht, als ich sah, dass sich alle um mich versammelt hatten. Niemand sprach etwas, sie schienen zu warten. Ich blickte zu Marvin, er reagierte und stand auf.

»Das ist Larry«, erklärte er in Richtung der vier Personen, die sich mir noch nicht vorgestellt hatten. Sie nickten mir zu. »Das sind Carsten, Henning, Katja und Muriel.« Er deutete auf die Frauen, die winkten. Die eine war klein mit kastanienbraunen Augen, die andere eher stämmig und recht muskulös. »Und …« Er zögerte. Ich hob eine Augenbraue. Marvin streckte einen Arm und deutete nach hinten, an den Rand des Zeltes und in die Schatten, wo nichts zu sehen war. »Dort sitzt vermutlich Anna und schaut uns zu.«

Ich drehte mich um und versuchte etwas zwischen den Schwaden zu erkennen. Der Gedanke an eine Person, die in der Finsternis saß und mich ansah, während ich sie nicht sehen konnte, stimmte mich unruhig. Aber da ich sie nicht erspähte, wandte ich mich ab.

»Wie jeden Neuen, der zu uns kommt, würden wir auch dich bitten zu erzählen, was passiert ist.« Marvin setzte sich neben mich. Zuerst verstand ich nicht, was er wollte.

Ich sah ihm in die Augen. »Was wo passiert ist?«

»Mir ihr«, konkretisierte Marvin.

Ihr, dachte ich. »Yoki?«

Er nickte. Ein Raunen ging durch die Menge. Ein paar Köpfe wurden zusammengesteckt. Ich betrachtete die Anwesenden mit einer Mischung aus Argwohn und

Unverständnis. Ein kalter Faden zog sich in mir zusammen und ich erhob mich ruckartig auf die Füße. Der Drang auszubrechen wurde so stark, dass ich ihn nur mit Mühe unter Verschluss halten konnte. Fassungslos stand ich da, die Hände erhoben. »Was tun wir hier alle? Das ist doch Wahnsinn.« Ich musste mich bewegen. Meine Füße verselbstständigten sich und ich navigierte an den Jungen und Mädchen vorbei, die mich schweigend anstarrten. »Was ist das hier? Ein Clown.« Ich schnaubte verächtlich. »Das ist doch verrückt! Ein Wahnsinn - Dummheit!« Ein Flüstern erklang. »Sagt mir bitte, dass das nicht wahr ist«, begann ich. Ich stand jetzt abseits. Die Fäuste in die Taille gepresst. Raus gehen wollte ich nicht, bleiben irgendwie auch nicht. Die Alternative war, dass ich mich bewegte und durch die Gegend lief wie ein Irrer auf der Suche nach seinem Haustürschlüssel.

»Das was nicht wahr ist?«, fragte Marvin sanft.

»Das alles hier!«, fauchte ich wütend und zeigte um mich. Ich bin in einem Zelt, dachte ich. Einem verdammten Zelt – das kann nicht angehen. Ich realisierte erst, dass ich das ausgesprochen hatte, als sich Marvin räusperte und ebenfalls aufstand.

Er hob beschwichtigend die Hände. »Ich weiß, dass es nicht leicht ist.«

Ich schüttelte den Kopf. Diese dämliche Gefühlsnummer ging mir gegen den Strich. Am liebsten hätte ich gebrüllt, aber was hätte das genutzt? Nichts! Ich hatte die Wahrheit bereits akzeptiert und dennoch stand ich kurz vor dem Durchdrehen.

»Wir waren alle wie du«, erklärte er.

»Wie, wie ich?«, klagte ich. »Verrückt oder was?« Ich verdrehte die Augen.

»Einsteiger«, entgegnete Marvin. »Du bist nicht der Einzige, der hier unten angekommen ist. Jeder hat das Gleiche durchgemacht und vor uns gab es noch andere.«

Meine Augenbrauen bogen sich wie Blitze nach unten. »Ihr seid also alle vom Clown verschluckt worden?« Ein Kichern entfuhr mir, da der Gedanke so abwegig klang. Selbst nach allem, was ich erlebt hatte, erschien er mir debil.

Von den anderen grinste keiner.

»Natürlich. Was glaubst du, wie wir hierhergelangt sind?«

46.

Ich wollte etwas erwidern, aber ich konnte nicht, da mir nichts einfiel. Vor mir saßen diese fremden Leute, trostlos und irgendwie einsam, auch wenn sie eine Gruppe bildeten. Auch ich war einsam. Nicht nur die Welt hatte sich gegen mich gewandt, sondern auch meine Sinne und mein Verstand. Was wahr sein sollte, war falsch, und was unmöglich war, war real. Ich fuhr mir über das Gesicht. Meine Wut ließ nach.

Die Stimme einer Frau durchbrach die Stille. Es war Jessica. »Glaubst du, du bist der Einzige, der Zweifel hat?«, fragte sie. Sie wirkte aufgelöst. »Wir mussten alle da durch – jeder einzelne von uns. Es gab keine Ausnahmen. Die Würfel sind gefallen und wir müssen zusammenstehen. Im Angesicht des bevorstehenden To …«

»Jessica!«, fuhr Marvin sie an. Sie verstummte. »Eines nach dem anderen.« Marvin winkte mich herüber. »Komm, Larry. Ich werde es dir erklären.«

Ich ging zu ihm, auch wenn ich nicht wollte. Ich wollte einfach nur die Augen öffnen und mein Zimmer sehen. Die Erkenntnis, dass meine Augen sperrangelweit offen waren und ich sie nicht weiter öffnen konnte, deprimierte mich.

Ich ließ mich neben Marvin auf die Bank fallen und war genau da, wo ich begonnen hatte.

»Also«, begann Marvin. »Wie Jessica gesagt hat, sind wir alle den gleichen Weg gegangen, und wie du kommen wir nicht von hier, sondern von draußen.«

Ich sah ihn an. Meine Miene blieb unverbindlich. »Die

wirkliche Welt?«, faselte ich.

Marvin nickte. »Ja, aber wir nennen es nicht so. Denn das würde bedeuten, das hier wäre nicht echt. Wir nennen es den Hof – wie bei einem Gefängnis. Wir sind hier drinnen und draußen ist der Hof. Der Außenhof sozusagen.« Ich nickte. Das erschien plausibel.

»Meine Frage an dich war nicht böse gemeint. Ich habe dich nach Yoki gefragt, weil wir alle etwas mit ihr zu tun haben.« Marvin machte eine ausladende Handbewegung, die die gesamte Gruppe umfasste. »Denn sie ist schuld, dass wir hier sitzen.«

Ich stutzte. »Ihr … ihr habt sie alle gekannt?«

Die Mitglieder der Gruppe nickten.

Ich schürzte die Lippen und hob die Augenbrauen. Das kam unerwartet.

»Sie ist schuld, dass wir hier festsitzen, Larry. Sie hat Ganga den Clown beauftragt, uns zu holen und zu schlucken, damit wir hier ihre Gefangenen sind.«

»Aber warum?«, fragte ich.

Marvin seufzte. »Ja, das ist die Frage. Jeder von uns kann sie dir auf seine Weise beantworten, denn bei jedem ist der Grund ein anderer.«

Ich nickte und öffnete den Mund, um Marvin zu bitten, von sich zu erzählen, aber er winkte ab.

»Du fängst an«, war seine Erwiderung. »Der Neue fängt immer an, das ist unsere Regel.«

In Ordnung, dachte ich. Wenn die Mehrheit das wollte, sollte sie es kriegen. Also begann ich zu erzählen. Ich begann mit meinem ersten Treffen mit

Yoki und berichtete von der langsam voranschreitenden Bindung, die wir zueinander aufgebaut hatten und die sich mit der Zeit verfestigt hatte. Ich verhehlte nicht, was ich für sie empfunden hatte und wie ich über sie dachte. Ich gab zu, dass ich sie geliebt hatte und dass ich gerne mit ihr zusammen gewesen wäre.

Als ich das anmerkte, kicherten ein paar.

»Das ist nicht komisch«, bemerkte ich streng.

»Natürlich nicht«, behauptete eine junge Frau mit roten Haaren und kaputten Jeans. Einer ihrer Hosenträger war gerissen, der andere hielt noch. Sie hatte eine schmale Stirn und breite Wangen. Auf der rechten hatte sie ein Muttermal. Soweit ich mich erinnern konnte, war das Katja.

»Aber das hat sie mir auch gesagt. Jedes Wort, genau wie du jetzt. Dass sie mich liebt, dass sie ihr Leben mit mir verbringen will und dass sie niemand anderen haben möchte.«

Mein Mund kappte auf.

47.

»Was?«

»Na klar. Ich bin lesbisch, sie war es offenbar auch …
für eine Weile zumindest und ja … es hat gut
geklappt. Haben nett gefickt.« Die anderen kicherten.

»U-und wieso bist du hier?«, fragte ich.

Sie zuckte die Achseln. »Na ja, ich habe Schluss
gemacht. War nie der lange Beziehungstyp.«

»Ah«, machte ich, mehr bekam ich nicht heraus. Dass
Yoki mit jemand anderem etwas gemacht hatte und
dieser Jemand auch noch weiblich war, traf mich
stärker, als ich erwartet hatte. Es zeugte von Yokis
Falschheit. Einer Niedertracht mir gegenüber, die ich
mir niemals hätte vorstellen können. Die Gefühle, die
große Liebe, das alles war – nichts. Ich war nur ein
Spielball gewesen, den sie nach Lust hatte werfen
können.

»Und du, Larry«, hakte Marvin nach. »Was hat dich
hierher verbannt?«

Ich sah ihn an. Ich spürte eine Träne in meinem Auge
und war froh, dass sie sich nicht löste. »Äh … ich
habe ihre Kammer gefunden. Durch Zufall. Den Ort,
wo sie ihre Sachen lagert. Unter anderem den
Clown.«

Marvin nickte nachsichtig. »Ja, da teilst du das gleiche
Los mit Quentin hier.«

Quentin hob eine Hand. Seine Finger waren lang und
dünn. Er hustete. »Hab 'nen Wasser holen wollen,
weil sie Durst hatte«, sagte er. »Da hab ich aus
Versehen den falschen Schalter gedrückt und 'ne

Geheimkammer geöffnet. Da war dann alles. Auch der Clown.«

»So ähnlich war es bei mir auch«, bestätigte ich.

Marvin tätschelte mir die Schulter. »Siehst du. Yoki hat uns alle bekommen und jetzt sind wir hier. Und ihre Gefangenen.«

»Können wir denn nicht raus?«, fragte ich. Es war die wohl wichtigste Frage. Ich wunderte mich, warum ich sie nicht schon früher gestellt hatte. »Gibt es einen Ausweg?«

Marvin zeigte ein freudloses Lächeln. »Vielleicht sollten wir das morgen besprechen, was meinst du? Du bist müde und wir haben Hunger. Es ist Zeit für das Frühstück.«

Zustimmendes Gemurmel erhob sich. Ich konnte nicht protestieren, da die anderen aufstanden und den Kreis durchbrachen. Wenngleich ich die Antwort gerne erfahren hätte, hatte Marvin recht. Ich war mehr als hungrig.

Ich stand auf und sah, wie sich die Gruppe um eine Truhe tummelte. Ich stellte mich zu den anderen und spitzte über die Schultern zweier Mädchen, die vor mir standen. Marvin streckte den rechten Zeigefinger und hielt ihn wie einen Degen in Richtung der Truhe. »Also, ich bin heute dran«, sagte er. »Laura, du bist morgen an der Reihe.«

Laura nickte. Marvin zögerte kurz, entblößte die Zähne und bohrte seinen Finger dann in das Schlüsselloch der Truhe.

Eine kleine Nische öffnete sich am Deckel und fuhr

zurück. Heraus kam ein quadratischer Bildschirm, auf dem eine grüne Wellenlinie entlangglitt. Es klickte und etwas schloss sich um Marvins Finger, sodass er ihn nicht mehr herausziehen konnte. Eine Stimme ertönte. Ich erschrak, denn es war Yokis Stimme.

»Unser heutiges Rätsel lautet: Durch Hitze, nicht durch Frost vom Norden, bin ich aus Wasser zu Schnee geworden, was bin ich?« Es piepte und die Wellenlinie verschwand.

48.

Marvin blickte in die Runde. Mehrere der Anwesenden fassten sich ans Kinn. Viele legten die Stirn in Falten und begannen nachzudenken. Intuitiv fuhr ich mir über die Stirn und sinnierte über Yokis Worte nach. Durch Hitze, nicht durch Frost ..., dachte ich. Es war ein kniffliges Rätsel. Das erkannte ich nicht nur daran, dass ich nicht gleich auf die Lösung kam, sondern auch daran, dass es den anderen ebenso ging, und wir waren elf Personen.

Für eine geschlagene Minute füllte ein Grummeln und Murren das Zelt. Jessica war die erste, die etwas vorbrachte. Ihre Idee war Eis – aber das war falsch. Das sagten ihr auch die anderen. Also ging die Grübelei von vorne los. Jeder sinnierte über die Antwort nach. Marvin ebenfalls, auch wenn er zeitweise mehr Aufmerksamkeit darauf verwendete, seinen eingeklemmten Finger zu betrachten. »Kommt schon, Leute, so schwer kann es nicht sein«, sagte er schließlich, nachdem beinahe zehn Minuten vergangen waren.

Ich sah auf meine Armbanduhr. »Doch«, sagte ich. »Es ist schwer, aber ich habe es.«

Vielleicht werden Sie mich belächeln, aber ich war nie wirklich gut in Rätseln. Sudokus – etwas mit Zahlen, da war ich gut, aber Rätsel? Dennoch kam ich auf die Lösung und das gelang mir, weil ich die Barriere des Grundwissens überwand und die Frage von der naturwissenschaftlichen Sichtweise her betrachtete. Zwar ließ ich mir noch Zeit, um ganz sicher zu gehen, aber letztlich stimmte es doch.

Ich trat vor die anderen und sagte: »Es ist Salz. Salzwasser, um genau zu sein.«

Die anderen schwiegen. »Versteht ihr? Wenn man Salzwasser erhitzt, dann kondensiert das Wasser und …«

»Zurück bleibt Salz. Schnee!«, rief Marvin zufrieden. Seine Augen strahlten. Er beugte sich zum Bildschirm und sagte klar und deutlich: »Salzwasser.«

Es klickte, dann konnte Marvin seinen Finger zurückziehen. Ein zweites Klicken und die Truhe sprang auf. Ich beugte mich zu dem Mädchen Mirian hinunter. Sie war etwas kleiner als ich, hatte große Augen und knetete pausenlos ihre Hände. Als ich sie ansprach, zuckte sie kurz zusammen, wich jedoch nicht zurück, sondern lächelte zuvorkommend.

»Was wäre denn passiert, wenn wir die Lösung nicht gefunden hätten?«, fragte ich.

»Nichts«, sagte Mirian. »Marvin hätte seinen Finger nicht mehr rausgekriegt.«

Ich starrte sie erschüttert an. »Echt?«

Sie nickte. »Ist sogar schon passiert. Die Truhen stehen da drüben.« Sie deutete auf die Schatten. »Dort haben wir sie hingestellt, da wir sie nicht mehr verwenden können. Die alten Finger stecken noch in den Löchern.« Sie ging zu den anderen. Ich blieb stehen, sah ihr entgeistert nach.

49.

In der Truhe befand sich Essen und Trinken. 15 Flaschen und eine abgepackte Mahlzeit für jeden, die übereinander geschichtet waren wie Kartons. Marvin verteilte die Sachen. Anschließend saßen wir wieder zusammen und aßen unser Essen. Es war kalt, abgepackt. Ich hatte Hühnchen mit brauner Soße und dazu Nudeln in meiner Box. Eigentlich ein gutes Gericht – jedoch war es kalt und so schmeckte es auch. Zu allem Verdruss war ich auch noch gezwungen, es mit den Händen zu essen, da es keine Messer oder Gabeln gab. Aus Vorsicht, wie Marvin mir erklärte. Yoki hatte das sichergestellt, damit wir nicht auf blöde Ideen kamen.

Meine Hände musste ich mit dem Wasser abspülen, das wir in kleinen 0,5-Liter Flaschen bekamen.

Ich wusch meine Finger und löschte meinen Durst. Es tat gut, etwas zu trinken, auch wenn ich Sorgen hatte, wie lange diese Befriedigung anhalten würde. Insgesamt, so erfuhr ich, wurden pro Tag zwei Truhen geöffnet. Je nachdem, ob man es schaffte, die Rätsel zu lösen, oder nicht.

Diese Truhen, wenngleich sie altertümlich aussahen, waren hochmodern, kompakt und funktionsfähig. Sie waren über Signale verbunden und solange die eine Truhe ungeöffnet war, öffnete sich keine andere, es sei denn, durch das kleine Loch, in das man den Finger steckte, sickerte Blut, was passierte, sobald man den Finger abtrennte. Ein von Yoki erdachter Mechanismus, der mich verwunderte, denn so intelligent hatte ich sie gar nicht eingeschätzt. Auf mich hatte sie nie den Eindruck einer Informatikerin gemacht, die Fachwissen für mathematische Strukturen und Datensätze aufwies. Offenbar hatte ich mich geirrt.

Nach dem Essen taten wir die Reste zurück in die Truhe und Marvin schlug den Deckel zu. Dann schob er sie zu einem Loch in der rechten Ecke, das ich nicht sehen konnte, da die Schatten es verbargen, und ließ sie in die Finsternis fallen. Sie schien irgendwo zu landen. Marvin erklärte mir, dass sie als Gruppe verpflichtet wären, das so zu tun, da ansonsten – er bezeichnete es so – Schwierigkeiten auftreten würden.

Nach dem Essen verteilte sich die Gruppe im Zelt. Manche gingen hinaus, andere hockten sich auf die Bänke. Das Licht an der Decke changierte von grün zu blau. In Kombination mit den schwarzen Schatten und den undurchsichtigen Wänden überkam mich das Bedürfnis, das Zelt zu verlassen, was ich auch schleunigst tat.

50.

Ich verließ die Planen und eilte hinaus auf den wabbeligen Fleischgrund. Ich ärgerte mich, dass ich meine Schuhe im Zimmer gelassen hatte, denn sie wären jetzt brauchbar gewesen. Immerhin war es nicht kalt.

In der Nähe der Klippe, die hinunter in den rosa Strudel führte, der sich pausenlos drehte, nahm die Wärme sogar zu. Ich war müde, denn ich hatte nicht geschlafen, aber nicht so fertig, dass ich mich hätte hinlegen müssen. Manchmal passiert so etwas. Vielleicht haben Sie es auch schon erlebt? Sie sind lange auf, es ist spät, aber die Müdigkeit geht auf einmal weg, als würde sie aus Ihrem Körper gezogen. Kennen Sie das? Na ja, ich hatte diesen Moment. Ich wusste zwar, dass es nicht gut war, da die Müdigkeit heftiger und unnachgiebiger wiederkehren würde, aber für den Augenblick ging es mir den Umständen entsprechend gut.

Ich musterte die hohen Wände. Sie rührten sich manchmal. Es war, als würden Schwingungen, die Fleischschichten zum Erzittern bringen. Die Löcher an der Decke waren dunkel. Sie schienen keinen Inhalt zu haben und auch keinem Zweck zu dienen. Mit der Anatomie eines Körpers kannte ich mich nicht besonders gut aus. Ich wusste das, was jeder weiß – vielleicht etwas weniger, sodass ich nicht sagen konnte, ob es diese Löcher tatsächlich gab oder ob sie nur eine Gangasache waren.

Das Areal dieser Insel war weitflächig. Bis zum

Durchgang, durch den ich gekommen war, waren es über dreißig Schritte.

Ich sah mich um und erblickte drei Gestalten an der Zeltwand stehen. Es waren Quentin, Mirian und Carsten, der augenscheinlich älteste der Anwesenden. Einem Impuls folgend ging er auf sie zu und als sie mich bemerkten, beendeten sie ihre Gespräche und lächelten mich an. Ich fühlte mich wie ein Gast, der eine private Konversation auf einer Party stört.

»Hi«, sagte ich. Die anderen nickten. »Äh, wisst ihr, wohin diese Löcher führen?«

Die drei sahen hoch zur Decke. Dann schüttelten sie den Kopf.

»Das weiß keiner«, sagte Carsten. Er war breit gebaut und besaß hängende Partien, die Kinn und Hals bräsig aussehen ließen. »Weil noch niemand da oben war.«

»Wie lange seid ihr eigentlich schon hier?«

Carsten blickte zu Mirian, die sah zu Quentin. Quentin war derjenige, der antwortete: »Ich seit drei Wochen. Mirian seit etwa zwei und Carsten seit beinahe einem Monat.«

Ein Monat, dachte ich und machte große Augen. Quentin entging das nicht. Er klopfte Carsten auf die Schulter und meinte: »Ja, er hatte ziemliches Glück, würde ich sagen.«

Ich hob einen Finger. »Was … beredet ihr denn so, wenn ich fragen darf?«

Wieder sahen sie sich an, als würden sie einen mentalen Konsens einfordern. »Wir bereden, wie wir

154

Quentins Geburtstag feiern können. Er hat übermorgen«, sagte Carsten und lächelte gepresst. Quentin zog die Mundwinkel hoch.

Ich zog meine hinunter. »Na dann.« Ich stapfte davon. Als ich mich entfernte, begann die Gruppe wieder zu flüstern, wobei ich nicht hören konnte, was sie sagten. Es kam mir vor, als würden sie etwas verheimlichen.

Vor der Klippe blieb ich stehen und sah hinunter. Ich starrte auf den rosa Brei und dachte, wie einfach es wäre, hinunterzuspringen und den ganzen Unsinn hinter sich zu lassen. Ein Fall und eine flotte Landung. Keiner würde hinterherspringen und in einem Magen, in dem es kein Besteck gab, würde es auch keine Rettungsringe oder Westen geben, die man dem Ertrinkenden hinterherwerfen konnte. Vermutlich war der Brei auch so zäh, dass er eine Bewegung unmöglich machte.

Wie weit war ich nur gekommen? Das war die Frage, die ich mir stellte, und ich hatte keine genaue Antworte darauf. Zwar war mir bewusst, dass ich blind vertraut und kaum hinterfragt hatte, dass ich nichts angezweifelt und Yokis Gefühle als selbstverständlich erachtet hatte, aber wie hätte es auch anders laufen sollen? Niemand dort draußen – auf dem Hof – prüfte vor einer Beziehung, ob die oder der andere einen bösartigen Clown im Keller lagerte, der bei Bedarf hervorkommen und den Aufsässigen verspeisen könnte. Ich konnte nichts dafür und dennoch trieb ich zwischen Leben und Tod, der Flucht und dem Verharren. Eine Last lag auf meinen

Schultern. In gewisser Weise war ich in einen sinnbildlichen Brei gefallen. Und dennoch, trotz meines Kummers und der Frustration hatte ich diesen Funken Hoffnung in mir, der mich weitermachen ließ und mich antrieb. Ich beschloss, dass ich nicht aufgeben wollte, ehe ich nicht alle möglichen Optionen ausprobiert hatte. Das war mein Versprechen an mich.

Ich werde hier rauskommen, sagte ich mir. Auf die eine oder andere Weise. Und ich wollte gleich anfangen. Ehe mich die Müdigkeit übermannen würde.

Ich beschloss, mir diese Löcher genauer anzusehen. Also ging ich den ganzen Weg bis zum Durchgang zurück, den ich passiert hatte, und blickte an der Wand nach oben. Sie bestand aus reinem Fleisch. Wulstig, triefend und uneben. Ganz oben, in vielleicht vierzig Metern Entfernung, prangten die Löcher wie starrende Augen.

Ich ekelte mich, tat es aber trotzdem. Mit beiden Händen griff ich ins Fleisch, packte es.

51.

Weißer Saft tröpfelte zwischen meine Finger und bedeckte meine Arme. Es roch nach Ausdünstungen und ich musste die Nase rümpfen, als der Geruch übermäßig stark wurde. Trotz der Feuchtigkeit war mein Griff stabil – zumindest soweit ich das beurteilen konnte. Ich beugte mich vor und rammte ein Knie in den Wandverlauf. Es sank ein und bildete eine Mulde, in die ich mein Bein einlegen konnte. Ich testete es, indem ich mich fallen ließ und mich gleichzeitig mit den Händen und einem Bein festklammerte. Es klappte und ich hielt mich. Ein feuchter Batzen weißer Klumpmasse segelte auf mich zu und umschloss meine Finger wie ein Handschuh. Angewidert schüttelte ich den Schleim ab und macht mich daran, die Wand zu besteigen. Ich war fest entschlossen und hatte nur ein Ziel: die Flucht.

Wie ein Bergsteiger machte ich mich an die Arbeit. Langsam und vorsichtig. Einen Fuß nach dem anderen.

Immer wieder rutschte ich ab oder bekam nicht ausreichend Fleisch zu fassen. Dann musste ich mich sammeln, abwarten und erneut zupacken. Das ging ganz gut. Ich kam sauber voran, auch wenn es dauerte.

Nach zehn Minuten hatte ich fünf Meter zurückgelegt. Nach einer halben Stunde war ich bei zehn Metern und schon ordentlich hoch.

Ich bin schwindelfrei und große Höhen machen mir nicht unbedingt etwas aus, aber in dieser

Konstellation, mit der Fleischwand und den feuchten Klumpen, die sich überall befanden, wurde es auch mir unbehaglich, besonders wenn ich daran dachte, dass ich jeden Moment abrutschen konnte.

Hinzu kam, dass meine Aktion nicht unbemerkt blieb. Ich weiß nicht, wer es war, ob Carsten oder Mirian, Quentin oder jemand anders – irgendwer entdeckte mich an der Wand und rief die anderen. Und es kamen alle. Offenbar war eine solche Sache ein Erlebnis, das niemand verpassen wollte, zumal sich die gewöhnlichen Beschäftigungen auf das Herumsitzen, Schlafen oder Reden beschränkten.

Ich merkte, dass die Gruppe unterwegs war, ohne mich umzudrehen. Ich konnte die durch ihre Schritte ausgelösten Regungen unter meinen Fingern fühlen. Dann erreichten mich die Laute ihrer Stimmen. Als sie unter mir waren, war ich bei fünfzehn Metern angelangt. Meine Knie taten langsam weh und meinen Fingern ging es schlecht. Ich hatte nicht mal die Hälfte des Weges hinter mir, aber ich wollte nicht aufgeben. Der Drang herauszukommen trieb mich vorwärts.

Marvin war derjenige, der das Wort ergriff. »Larry?«, rief er. »Was machst du da?«

»Ist das nicht offensichtlich«, keuchte ich. »Ich versuche hier rauszukommen.«

»Das sehe ich, aber wenn ich du wäre, würde ich da schnell wieder runterkommen.«

Ich lächelte. »Warum? Damit ich in diesem Zelt vergehe? Meine Finger in Truhen stecke oder auf

Bänken herumlungere? Nee nee … ich werde fliehen und diesen Clown verlassen.«

Kurzes Schweigen. »Nein, das wirst du nicht«, sagte Marvin. Er sagte es mit einer Entschlossenheit, die keinen Zweifel zuließ. Ob er aus Erfahrung sprach? Ich wusste es nicht. Es war mir auch egal. Ich hob die Hand und griff ins Fleisch, um einen Batzen zu packen. Meine Finger glitten über die weiche Haut und ich rutschte ab. Ein Geräusch, als würde man auf Wasser platschen. Ich ruderte zurück und spürte, wie sich mein rechtes Knie löste. Mit letzter Kraft vergrub ich meine Nägel in das Fleisch, das meine linke Hand umklammert hielt. Mein Herz raste und ein Murren entwich meiner Kehle. Meine Daumen liefen knallrot an.

»Larry«, rief Marvin.

»Was?« Ich stand noch unter Schock.

»Schau mal nach links, bitte.«

Ich tat es, auch wenn mich ein ungutes Gefühl beschlich. Ich erkannte die Lampe an der Decke, die direkt auf mich gerichtet war. Normalerweise bewegte sie sich im Kreis, um jede Stelle einzeln zu beleuchten – sie verblieb aber nie lange an einem Ort, sondern bewegte sich zügig weiter. Diesmal verharrte sie, als wäre sie festgedreht. Der Kegel war direkt auf mich gerichtet.

Ich schluckte. »Oh, oh.«

Etwas passierte vor mir. Ich sah hin und erschrak. In der Wand entstand ein faustgroßes Loch. Das Fleisch zog sich zurück und knisterte, als es zur Seite wich,

wie das Meer bei Ebbe. Dahinter erschien ein Kreis –
aus Knochen. Er war rot von Blut. Das
Knochentürchen schwang zur Seite und entblößte -
ich hielt den Atem an – einen Boxhandschuh.
»Oh Gott«, raunte ich.

52.

Dann sauste der Handschuh vor und knallte mir ins Gesicht. Ich verlor den Halt und segelte nach hinten.

Ich weiß nicht, was die anderen taten. Ich weiß nicht, ob sie überhaupt reagierten. Ich weiß nur, dass ich eine Weile flog und dann mit Wucht auf dem nicht unfesten Fleischgrund aufschlug, der mir die restliche Luft aus der Lunge fegte. Ich sank mindestens einen halben Meter ein. Mein Kopf brummte, mein Rücken pochte und ich konnte für einen Moment meine Beine nicht fühlen. Alles drehte sich vor meinen Augen. Die anderen versammelten sich um mich, sie waren das Erste, das ich sah, als sich mein Blickfeld wieder stabilisierte.

Marvin trat vor mich. Über ihm bewegte sich die Lampe und strahlte wieder durch die Gegend.

Er beugte sich zu mir herunter. »Merk dir, Larry: Niemand, absolut niemand kommt von hier weg. Und was immer du glaubst versuchen zu müssen, lass es. Denn es haben schon andere vor dir versucht und sie sind kläglich gescheitert.«

Seine Worte trafen mich hart. Ich wimmerte und verzog die Lippen. Er reichte mir eine Hand und half mir beim Aufstehen. Zum Glück kehrte das Gefühl in meine Beine zurück. Ein letzter Blick an die Wand vermittelte mir, dass der Boxhandschuh verschwunden war. Das Fleisch war wieder an die alte Stelle gerückt.

Ich folgte den anderen zum Zelt zurück. Jetzt, wo ich mit meiner Fluchtidee gescheitert war, kam die

Müdigkeit umso schneller, als hätte ich ein Ventil geöffnet, durch das sie einströmen konnte.

Ich trat mit Marvin hinein und wurde von einem schwachen roten Licht empfangen, das mich noch depressiver stimmte, als ich ohnehin war.

Ich bat Marvin um eine Möglichkeit, mich hinzulegen, und er reicht mir einen Schlafsack.

»Der ist zwar schon benutzt, aber das sind sie alle. Mehr gibt es nicht«, sagte er. Es war mir auch egal. Ich war so fertig, dass ich im Stehen eingeschlafen wäre. Ich legte mich in voller Montur, übersät mit Saft und feuchtem Speichel, Dreck und Sabber, in den Schlafsack und zog den Reißverschluss hoch. Wenigstens das hat Yoki ermöglicht, dachte ich.

Dann dämmerte ich weg.

53.

Ich erwachte sechs Stunden später. Es war Abend, wie ein Blick auf meine Armbanduhr verriet. Sie war wasserdicht, sodass sie den Vorfall an der Fleischwand bis auf wenige Schlieren überlebt hatte. Die anderen waren dabei, das Essen zu verteilen. Marvin bemerkte mich und deutete in meine Richtung. Laura, das Mädchen mit Pferdeschwanz und Brille, blickte hoch und nickte. Ich fühlte mich matt. Zwar hatte ich lange geschlafen, trotzdem erfüllte mich Trübsal. Die Hoffnung, die ich in die Löcher gesetzt hatte, war verpufft. Yoki hatte offenbar Maßnahmen getroffen, um ein Ausbrechen aus dem Clown zu verhindern. Dieses Miststück, dachte ich. Die Stelle an meiner Stirn, wo mich der Handschuh getroffen hatte, begann zu pochen. Ich berührte sie. Sie fühlte sich wund an. Laura kam auf mich zu und reichte mir mein Essen. Es war kalt, aber diesmal etwas anderes: Reis mit Soße und dazu Gemüse. Es sah gut aus und roch auch gut, aber es war einfach kalt. Zu meiner Verwunderung setzte sich Laura neben mich und grub ihre Hand in den Reis.

»Wie kann man es hier nur einen Monat aushalten?«, fragte ich und sprach damit das aus, was mir auf dem Herzen lag.

»Hm.« Sie zuckte die Achseln, während sie kaute. »Normalerweise ist niemand so lange hier.«

Ich befeuchtete meine Lippen. »Was heißt das? Wo gehen die Leute denn hin?«

Sie fischte eine weitere Portion Reis auf ihre Finger

und stopfte sie sich in den Mund. »Das hier ist kein Urlaub«, begann sie. »Niemand ist darauf ausgelegt, länger als nötig hier zu sein.«

»Flucht?«, fragte ich.

»Nein.« Sie sah mich an. Wehmut lag in ihren Augen. »Nein, sie sterben.«

Meine Augen weiteten sich. Ein kalter Pfeil sauste von meinem Hals direkt in meine Brust.

»Sterben. U-und wie?«

Sie legte mir eine Hand auf die Schulter. »Wie wäre es, wenn wir das morgen besprechen?« Laura versuchte ein Lächeln, das ihr erstaunlich gut gelang. »Mach dir keine Sorgen.« Und mit diesen Worten erhob sie sich und stapfte zu Mirian, Jessica und der muskulösen, stämmigen Katja, die beisammensaßen und sich unterhielten. Ich sah ihr nach, mein Essen zwischen den Händen. Ich hatte bisher nichts davon angerührt.

Marvin hockte sich im Schneidersitz zu mir und legte die Arme auf die Oberschenkel, dabei seufzte er.

»Alles klar?«, fragte er.

Ich schüttelte den Kopf. »Nein.«

Er musste grinsen. »Das habe ich mir gedacht. Ist nicht leicht, wenn man neu ankommt. Mir ging es genauso.«

Unsere Blicke trafen sich. Ich kaute den kalten Reis und betrachtete ihn ausdruckslos.

»Wie lange hat es bei dir gedauert?«, fragte ich.

»Vielleicht zwei Tage.«

»Zwei Tage?«

»Irgendwann findet man sich mit der Sache ab. Man kann es ja eh nicht ändern. Entweder man akzeptiert, dass man hier nicht wegkommt, oder man klettert auf Wände und kriegt eine auf den Kopf.« Er lächelte. »Nein, es ist nicht lustig.« Seine Miene wurde streng. »Wir sind Verdammte, Larry. Gefangen und zurückgelassen. Unsere Uhr tickt und keiner weiß, wie lange wir es machen werden. Wenn ich diese Yoki in die Finger bekommen könnte …« Er stellte seine Fäuste übereinander und tat, als würde er ein Handtuch auswringen. »Dann … dann ich würde ihr den Hals umdrehen.« Er sah mir in die Augen. Ich hörte auf zu kauen. Es lag keine Freude in seinen Zügen.

»Ich würde es wirklich tun, Larry. Was sie uns angetan hat, ist unmenschlich. Du weißt das, genau wie wir alle.«

»Was hast du ihr getan?«, fragte ich.

Er atmete geräuschvoll aus. »Ich habe sie geliebt, Larry.« Er tätschelte meine linke Schulter. »Ich habe sie wirklich geliebt und das war mein größter Fehler.« Er erhob sich und setzte sich auf eine Bank neben Carsten, Manuel und Valentin - den Einzigen, der eine Kopfbedeckung trug, eine grüne Kappe. Ich fragte mich, wie er sie im Sturz durch den Rachen und die Speiseröhre auf dem Kopf behalten hatte. Vermutlich hatte er sie die ganze Zeit festgehalten.

Ich aß fertig und wir legten unsere Boxen zurück in die Truhe. Für den restlichen Abend blieben wir gemeinsam sitzen und redeten miteinander. Ich erfuhr, dass es die gängige Praxis war, da es keine Gesellschaftsspiele gab und jegliche Telefone und Elektrogeräte, die jemand zufällig dabeigehabt hatte, bereits ihren Geist aufgegeben hatten, da es im Magen eines Clowns natürlich keinen Strom gab. Und kein Signal. Wie dann die Lampen leuchteten, fragte ich mich. Aber ich stellte die Frage nicht.

Wir waren von der Außenwelt abgeschnitten. Und auch wenn es viele Dinge gab, auf die ich die Antwort nicht kannte, unterhielt ich mich nicht über unsere Gefangenschaft oder Fluchtmöglichkeiten, sondern über das Leben, über die Welt da draußen – den Hof, wie sie es nannten. Langsam gewöhnte ich mich daran. Es tat gut, den Schmerz hinter sich zu lassen, die Sorgen zu vergessen und sich lediglich auf ein paar Anekdoten zu fokussieren, die Freude brachten.

Carsten war ein guter Geschichtenerzähler. Er berichtete von seinen beiden Beziehungen, von einem Bruder, der in Südafrika lebte und dort als Arzt tätig war. Er sprach über den Sinn des Lebens, den Vorzug der weiblichen Brust und seine berufliche Tätigkeit als Lehrer an einer Uni. Über drei Ecken bekam ich mit, dass Carsten Yokis Professor für Biologie an der Uni in Bayreuth gewesen war und sich an sie herangemacht hatte. Das hatte sie ihm natürlich nicht durchgehen lassen und ihn in Gangas Magen verbannt, wo er seitdem schmorte. Ich versuchte mir einzureden, dass Yokis Reaktion wohl gut gewesen war und dass ich es begrüßte, dass sie einen solchen Menschen weggesperrt hatte – aber es gelang mir nicht. Vielleicht weil ich selbst betroffen war und mich in der gleichen Situation befand, vielleicht weil Carsten kein übler Mensch war, sondern witzig und ich keine Aversionen gegen ihn hegte. Wie auch immer …

Später gingen die meisten ins Bett. Das Licht hatte zu Rosa gewechselt. Ich war wieder müde, auch wenn ich sechs Stunden geschlafen hatte.

Etwas entkräftet von mehreren Lachern, die mir der Abend bereitet hatte, legte ich mich in meinen Schlafsack und schloss die Augen. Was für eine merkwürdige Gemeinschaft, dachte ich.

54.

Vier Stunden später wurde ich wach, weil mich ein Geräusch weckte. Ich machte die Augen auf und blinzelte in die Dunkelheit. Verwundert richtete ich mich auf und versuchte, Orientierung zu finden. Das Licht war aus. Das war noch nie vorgekommen, zumindest in dem Zeitraum, den ich hier verbracht hatte.

Ich rieb mir die Augen und horchte auf meine Instinkte. Um mich war das Säuseln und Schnarchen der anderen zu hören. Sie schienen tief und fest zu schlafen. Ich spitzte die Augen und fuhr blitzschnell herum, als ich einen Laut hörte. Da war irgendwas. Ich stand nicht auf. Ich hatte Angst und wusste nicht, was mich erwarten könnte.

Plötzlich erschien Licht – ein Lichtstrahl. Es war der Kegel einer Taschenlampe etwa sechs Meter von mir entfernt. Ungefähr dort, wo sich die Bänke befanden. Dann war etwas zu hören. Keine Musik, vielmehr ein Summen, als würde jemand trällern. Panik stieg in mir auf. Eine kalte Welle fegte meinen Rücken hinunter. Ich schnappte nach Luft. Der Kegel navigierte in meine Richtung. Ich hielt den Atem an. Das Licht strahlte jetzt direkt auf mich. Jemand musste es halten, aber ich konnte nicht sehen, wer es war. Meine Finger verkrampften sich in den weichen Stoff des Schlafsacks. Ich gab keinen Mucks von mir. Dann fuhr die Lampe weiter. Nach rechts, über die anderen Schlafsäcke drüber. Das Summen setzte wieder ein. Unvermittelt verschwand das Licht.

Einfach so. Peng. Und das Summen hörte ebenfalls auf. Ich wurde in eine Dunkelheit getaucht, die so durchdringend war, dass ich meine Hand vor Augen nicht sehen konnte. Aus Angst, etwas Böses wäre in der Nähe, legte ich mich hin und hielt den Blick starr an die Decke gerichtet.

Es klackerte über mir.

Ich verengte die Augen zu Schlitzen. Was war das? Eine sprunghafte Bewegung in der Dunkelheit. Ich konnte sie nicht sehen, nur spüren – anhand des Luftzugs, der mein Gesicht streifte.

Dann ging das Licht an. Es war eine Kopflampe. Darunter eine groteske Fratze, das Maul weit geöffnet, und vier Klauen, die herausragten und über mir zusammenschlugen. Ein nervenzerfetzender Schrei löste sich aus meiner Kehle. Die Kreatur, bei der es sich um ein Abbild Gangas handelte, schnatterte und die Kiefer knallten aufeinander. Speichel löste sich von ihren Lippen und klatschte mir auf die Stirn.

55.

Ich robbte aus meinem Schlafsack und wankte rückwärts. Das Licht der Kopflampe strahlte in alle Richtungen ab. Die Kreatur spie und fauchte. Im Licht der Lampe erkannte ich die Köpfe der anderen, die sich aus den Säcken erhoben. Manche hatten ihre Schlafplätze verlassen und waren geflohen. Die Kreatur schwebte in der Luft. Die Kiefer schlugen wieder zusammen. Das Ding lächelte und machte ein gurgelndes Geräusch. Dann ballte es eine Hand zur Faust und deutete mit der anderen auf mich. Ich war nicht fähig zu reagieren. Im Arm hielt die Kreatur eine Gestalt. Ich konnte es nicht fassen: Es war Quentin. Er lag bewegungslos da, mit offenen Augen.

Er lebte noch, konnte sich aber nicht rühren – offenbar hatte das Wesen ihn betäubt.

Das Wesen stabilisierte Quentins dünnen Körper über der Schulter und sauste davon.

»Nein!«, rief ich. Ich weiß selbst nicht, woher ich diese Kraft nahm. Es war wohl die Überzeugung, dass, egal was mit Quentin passierte, es fürchterlich und abscheulich sein würde. Und das wollte ich nicht zulassen. Also rannte ich aus dem Zelt und starrte der Kreatur hinterher. Was ich sah, schockierte mich. Natürlich schwebte die Kreatur, denn sie hatte keine Beine, sondern hing an einem Metallgestell, das Ähnlichkeit mit einem Gittermast hatte. Sie flog über den matschigen Grund und zu dem Durchgang zurück, aus dem das Gestell ragte. Das Wesen war mir zugewandt und über seiner Schulter lag Quentin.

Noch aus der Entfernung konnte ich die Klauen sehen.

Der Clown hob die Hand und winkte, dann verschwand er im Durchgang und die Speiseröhre hinauf. In diesem Moment erinnerte mich, wo ich ihn schon einmal gesehen hatte. Es war bei meinem Sturz in die Tiefe gewesen. Der Clown hatte an der Decke gehangen, leblos, wie eine tote Spinne, die Arme von sich gestreckt.

Die anderen kamen aus dem Zelt.

Ich drehte mich zu ihnen. »WAS WAR DAS?«, brüllte ich und deutete auf die Stelle, wo der Clown geschwebt war.

Marvin hob die Hände. »Larry, beruhige dich, bitte …«

»REDE!«, schrie ich ihn an. Er hatte Glück, dass ich mich unter Kontrolle hielt, sonst wäre ich ihm wohl an die Gurgel gesprungen.

Marvin ließ den Blick sinken. »Das war Ganga«, antwortete er mit tonloser Stimme. »Der Innere.«

»Der Innere?«, wiederholte ich aufgelöst. Ich war geladen wie ein Akku. Um mich zu entlasten, lief ich im Kreis und presste meine Handknöchel zusammen.

»Auf diese Weise ernährt er sich. So wird er satt.«

Ich blieb stehen und sah ihn an. Meine Lippen bebten und der Kloß in meinem Hals wurde schwer. Ich trat ganz dicht an Marvin heran, sodass ich seinen Körpergeruch wahrnehmen konnte. Das war nicht schlimm. Wir stanken alle, immerhin gab es keine Duschen. »Und wann genau …«, flüsterte ich,

»wolltest du mir das sagen?«

Ich sah ihn an – durchdringend. Marvin wich meinem Blick aus, ehe er sich ihm stellte.

Er zuckte die Achseln. »E-es tut mir leid. Wir wollten dich verschon -«

»Quatsch!«, rief ich. Mir fiel Laura auf, mit der ich geredet hatte. Sie stand hinter Marvin und hielt den Kopf gesenkt. Mit einem Schuh fuhr sie über den matschigen Grund.

Ich sprach sie direkt an: »Auf morgen verschieben, ja?«, sagte ich. »AUF MORGEN!« Laura zuckte erschrocken zusammen, sah mich aber nicht an. »Wann genau denn morgen? Wenn es mich erwischt hat, vielleicht? Wenn es mich durch die Speiseröhre zu seinem Stammplatz bringt? Dann vielleicht? Was macht es dort eigentlich? Leute einsperren? Kochen? Karten spielen?«

»Essen«, sagte Marvin.

56.

Ich blieb stehen und atmete lange ein. »Essen also.«
Ich nickte anerkennend. »Sieh an, es isst uns also. Und
ihr dachtet nicht, dass es wichtig wäre, mir so etwas
zu sagen. Es hätte ja sein können, dass das Wesen
MICH abgreift!« Ich fuhr mir über das Gesicht.
Marvin verschränkte die Hände hinter dem Rücken.
Mit diesem Ausfall hatte er wohl nicht gerechnet.

»Nein«, sagte er sanft. Vermutlich das perfekte
Merkmal eines weisen Anführers. Dennoch war mir
das im Moment ziemlich egal.

»Es holt nie die neusten, sondern stets die anderen.«

»ARRRGH!« Ich stieß einen Schrei aus. »Eingebildetes
Pack!« Niemand sagte etwas.

Carsten und Jessica standen im Hintergrund und
flüsterten. Ich kümmerte mich nicht um sie, sondern
zeigte auf den Durchgang, durch den Ganga
verschwunden war.

»Und was ist jetzt mit Quentin?«, rief ich. »Können
wir nicht etwas tun, ihm helfen? Herrgott noch mal, er
hätte in zwei Tagen Geburtstag gehabt.« Ich fühlte die
Hoffnungslosigkeit sich wie ein Luftballon in meiner
Brust ausbreiten. Die Wahrheit war anders …

Quentin war verloren, wie wir es vermutlich alle
waren. Der Weg die Speiseröhre hinauf war
unmöglich zu erreichen, dafür lag das Ende der
Rutsche zu hoch. Der Clown war längst über alle
Berge und sein Opfer mit ihm.

Gott, war ich froh, dass ich nicht in Quentins Haut
steckte.

Hinter mir konnte ich Marvin spüren, der auf mich zutrat.

»Quentin hätte nicht Geburtstag gehabt«, sagte er.

Ich hob die Augenbrauen.

Aha, dachte ich, interessant. Das sagte mehr, als Marvin sich vorstellen konnte.

»Wir können ihm nicht helfen«, sagte Marvin weiter. »Aber das weißt du selbst.«

Die obere Lampe wurde grell. Ich musterte sie apathisch. Die Geräusche von Schritten drangen an mein Ohr. Ich drehte mich nicht um, aber die anderen schienen sich zu entfernen und in Richtung des Zeltes zu gehen.

Marvin blieb noch. »Komm, es gibt Frühstück«, sagte er, aber bei dem Gedanken an das Essen wurde mir schlecht.

Ich winkte ab. »Nein. Geh nur. Ich will euch für eine Weile nicht sehen.«

Daraufhin schritt er davon. Ich starrte auf die Lampe an der Decke, die mich diesmal nicht bestrahlte, sondern ungebremst durch die Gegend glitt, über das Zelt, die Wände, den Durchgang und die Gegend auf der anderen Seite, wo ich noch nicht gewesen war. Ich beschloss, hinzugehen.

57.

Es brauchte eine Weile, bis ich die Insel überquerte. Die Stelle lag hinter einer Kante von Fleisch, die sich aus dem Verlauf schälte und wie der Bug eines Schiffes in die planierte Fläche eindrang.

Ich bog ab und blieb stehen. Vor mir lagen Freizeitparkattraktionen. Karussells, Schaukeln, Mini-Scooter, sich drehende Boote, Kutschen, Pistolen mit Zielscheiben und Pferde-Oldtimer. Das Areal war umzäunt. Der Zaun bestand aus stabilem Metall. Ein kleiner Durchlass befand sich in der Mitte.

Ich trat heran und sah mich um. Dass mir dieser Park nicht früher aufgefallen war, wunderte mich. Er lag jedoch gut versteckt.

Da ich nicht viel zu tun hatte und mir alles lieber war, als in diesem Zelt zu versauern, ging ich an den Attraktionen vorbei. Vor den ersten blieb ich stehen. Es waren drei Springpferde, auf die man sich setzen konnte und die dann, so dachte ich, schaukeln würden. Sie waren aus Plastik, irgendwie mit dem Boden verwachsen und besaßen keine Augen, sodass sie wie leblose Hüllen aussahen. Die melierten Farben waren stellenweise abgeblättert und nicht mehr erkennbar.

Während ich dastand, stellte ich mir vor, wie kleine Kinder auf den Pferden saßen und herumtollten, sich freuten und diesen Ort mit Leben erfüllten. Mir wurde klar, dass dieses Element fehlte: Leben. Daran mangelte es überall, egal wo ich hinging. Zwar war ich umrundet von pulsierender Haut, Fleisch und vitalen Menschen – aber das wahre Leben fehlte. Die Freude, die Ausgelassenheit, die Unbeschwertheit. Irgendwie waren wir selbst Hüllen. Wie dieses Pferd. Nur dass das Pferd nicht von Ganga gefressen wurde. Anders als wir.

Bei dem Gedanken wurde mir schummrig.

Ich ging weiter und erreichte ein Karussell mit bunten Sitzen, die durch Ketten mit einem Regenschirm verbunden waren. Der Schirm war aufgeklappt, den Halter bildete die Stahlstange in der Mitte, die sich drehen konnte. Die Ketten rührten sich nicht.

Diese Attraktionen schienen den Schwermut förmlich aufzusaugen, denn sie besaßen keine Ausstrahlung, die meine Beklommenheit ansatzweise durchbrochen hätte. Vielmehr förderten sie diese, indem sie nichts taten, und das war es, was mich störte. Dieses ewige Nichtstun. Das Herumsitzen und Abwarten, als würde das Wunder von selbst eintreten, das uns aus dem Magen holte.

Mein Versprechen ging mir durch den Kopf. Ich hatte es kurzerhand vergessen, nachdem ich von der Wand gestürzt war. Jetzt war es wieder da und ich erinnerte mich, dass ich mir geschworen hatte, alle Möglichkeiten abzuwägen. Aber wie? Was blieb mir noch übrig? Ich stupste einen der Sitze an. Der Sitz erzitterte, verursachte jedoch kein Geräusch. Das Metall schien weder verrostet noch schmierig. Ich beschloss, mich hinzusetzen und nachzudenken.

Ich packte die Ketten und wollte mich hinhocken, als eine Stimme das Schweigen durchbrach: »Halt.«

Ich drehte mich um.

58.

Vor mir stand ein Mädchen mit schwarzen Haaren, die ihm bis zum Kinn reichten. Sie war dünn und drahtig gebaut. Ihre Haut war weiß und ihr Lidschatten war verschmiert. Ihre blauen Augen taxierten mich und ihre rechte Hand war mahnend gereckt.

»Nein«, sagte sie und deutete auf das Karussell. »Das Ding wird dich verletzen, wenn du dich daraufsetzt.«

Ich ließ die Ketten los. »Hä? Und wie?«

Sie trat zu mir. Ihre Kleider waren schwarz und übersät von Speichel und feuchten Flecken. Ihre äußere Erscheinung erinnerte mich etwas an Yoki.

»Hier ist nichts zum Spielen.« Sie zeigte abwechselnd auf die Attraktionen. »Es sind Fallen. Sobald du sie benutzt, passiert etwas Schlimmes und du wirst verwundet. Siehst du?«

Sie reckte einen Fuß und beförderte ihn an den Rand des Sitzes, auf den ich mich hatte setzen wollen. Der Sitz fuhr ein Stück hinunter und eine scharfe Klinge klappte mit der Geschwindigkeit eines abgeschossenen Pfeils aus dem Plastik.

Ich machte große Augen.

Als das Mädchen den Fuß zurückzog, verschwand das Messer.

»Nicht gut. Wenn du dich auf das Pferd da setzt, tritt Säure aus, die deine Beine zerfrisst … auch nicht gut. Normalerweise kommt niemand hierher und viele von denen wissen gar nicht, dass es diesen Ort gibt.«

Sie deutete hinter sich.

Immer noch auf den Sitz fokussiert, fragte ich: »Wie heißt du?«

»Anna.« Ich sah in ihre Augen. Marvin hatte etwas von einer Anna gesagt, einem Mädchen, das eher für sich blieb.

»Ich … habe von dir gehört.«

»Nur das, was Marvin gesagt hat. Ich habe es mitbekommen.«

»Hat er unrecht?«

Sie blies die Wangen auf. »Ich halte mich lieber zurück, wenn ich das Gefühl habe, dass es besser ist.«

»Was genau machst du hier?«, fragte ich.

»Ich bin dir gefolgt.«

»Mir?«, fragte ich verwundert. »Warum?«

»Wie gesagt, so oft kommt hier niemand hin. Ich wollte dich warnen und ich möchte mit dir reden. Ich sehe eine gewisse Hoffnung in dir.« Sie wandte sich ab und wanderte an einer Hüpfburg vorbei, die sie meterhoch überragte. »Wenn du da reingehst, kommst du nicht mehr raus. Glaub mir, frag lieber nicht … deine Aktion an der Wand hat mich beeindruckt. So viel Willen hat seit Langem keiner mehr gezeigt.«

Ich legte die Stirn in Falten. »Wie lange bist du denn schon hier?«

»Drei Wochen«, antwortete sie. »Drei geschlagene Wochen.«

»Und … was willst du von mir?«

Sie lehnte sich an die Burg. Die Wände waren aus Plastik und stabil, sodass sie sie hielten. »Ich möchte, dass du mir hilfst. Ich beabsichtige von diesem Ort zu fliehen und ich wollte dich fragen, ob du mich dabei unterstützen möchtest?«

Flucht, dachte ich. Auf einmal war meine Melancholie weg. »Du möchtest fliehen?«, fragte ich.

Sie nickte. »Seit ich hier angekommen bin.«

»Und wie?«

Sie musterte mich. Dann löste sie sich von der Mauer und eilte davon. »Komm«, rief sie mir zu. »Ich will dir etwa zeigen.«

Ich folgte ihr und sie führte mich am Zaun vorbei in eine weitere Ecke, die zehn Schritte entfernt lag. Am Rand der aufragenden Wände blieb sie stehen.

Ich trat neben sie.

59.

Vor uns lag ein kleines Feld aus reiner Erde, das mit kleinen Hügeln überseht war. Hinter den Hügeln standen weiße Fähnchen auf Holzstäben. Auf ihnen war nichts geschrieben. Sie waren einfach nur weiß.

»Was ist das?«, fragte ich.

»Gräber«, sagte Anna und stieg über die Erdhügel. »Jedes Mal wenn einer stirbt, wird ein Loch gegraben und eine der Fahnen eingesteckt, als Zeichen des Respekts oder so. Diese Tradition hat sich über die Jahre durchgesetzt.«

Ich folgte Anna über die Hügel. Links an der Wand sah ich ein Behältnis, das mit Fähnchen gefüllt war und auf Brusthöhe hing. Von dort konnte man sie holen und einstecken.

»Wer füllt sie auf?«, fragte ich.

»Ganga. Er kommt herunter, wenn wir schlafen, füllt die Fähnchen nach und tauscht die Truhen aus.«

»Woher weißt du das?«

»Ich habe ihn gesehen.«

Anhand der Zahl der vorhandenen Gräber schätzte ich die Opfer auf etwa 30 Leute.

30 Leute, das müssen Sie sich mal vorstellen. All die ungelösten Fälle plötzlichen Verschwindens, von denen Sie vielleicht gehört haben … die meisten haben sich in diesem Moment erledigt. Egal wo Yoki war, egal was sie dort tat, sie hat Opfer gefordert und rücksichtslos getötet, indem sie diese Menschen Ganga zuführte. Jede dieser Fahnen symbolisierte ein ehemaliges Leben und Yoki war daran schuld.

Ich habe sie nie so stark gehasst wie in diesem Moment.

Anna ging zu der aufragenden Wand auf der linken Seite. »Hier.« Sie zeigte auf den fleischigen Grund.

Ich sah hin, aber da war nichts außer feuchter Masse. Anna griff vor und vertiefte ihre Finger in die wulstige Form. Ein saugendes Geräusch entstand. Ich sah zu, wie sie das Fleisch zurückschob und den nackten Knochen offenbarte. Eine Tür tauchte auf, genau wie die, hinter der sich der Boxhandschuh befunden hatte. Das Fleisch verblieb für einen Moment an der Stelle und die Zeit reichte, damit sie die Tür öffnen und etwas herausholen konnte, das wie ein gewelltes Poster aussah.

Sie schloss das Türchen und rollte das Poster auseinander.

Ich erkannte die Umrisse einer Gestalt mit gestreckten Gliedern, die aus dünnen Linien, Pfeilen und Beschreibungen bestand. Das ganze Poster war voll davon und es war eine Darstellung Gangas. Das sah ich an den Zöpfen, die vom Kopf abstanden.

Anna platzierte das Poster auf dem Grund und stabilisierte die Ränder mit Erde, die sie von den Hügeln abgriff.

Ich beugte mich hinunter. »I-ist das …«

»Ganga? Ja!«, sagte sie. »Das ist Yokis Plan.« Sie zeigte auf die Überschrift. »Es gibt noch einen Plan, im Zelt. Den haben die anderen, aber der gibt nur die gröbsten Eckpunkte wieder und ist unvollständig. Dieser hier ist vollständig.«

»Wie hast du ihn gefunden?«

»Na ja … ich habe den inneren Ganga beobachtet, wie er den Plan hier versteckt hat. Ich habe ihn genommen und entdeckt, wie wir von hier fliehen können. Es gibt eine Strecke.«

»Welche Strecke?«

Sie deutete auf einen Punkt. Über dem zugehörigen Pfeil stand: *Magen.*

»Ein Weg durch den Darmkomplex«, sagte sie. »Das wird unser Fluchtweg.«

Ich starrte sie an. »Durch den Darm?«

60.

»Ja.« Sie schien komplett überzeugt. »Es ist der einzige Weg hier raus. Direkt nach oben können wir nicht, also müssen wir es so herum machen, ein kleiner Umweg sozusagen.«

»Wieso nicht gleich nach unten weiter?«, fragte ich und deutete auf den wurmartigen Fortsatz, der sich an den Magen anschloss.

»Wie Scheiße?«, fragte sie. »Nein, das geht nicht. Wir würden nie lebend beim Anus ankommen. Wir müssen vorher abbiegen, und zwar hier.« Sie zeigte auf einen Punkt. Eine Abzweigung, die sich seitlich an den Zwölffingerdarm anschloss und in einen ovalen Raum mündete. An dem Pfeil stand *Räucherkammer*.

»Ist das menschlich?«, fragte ich.

Sie schüttelte den Kopf. »Nein, aber sie existiert *hier*. Dort landen die Knochen, die Ganga ausspuckt. Unsere Knochen.« Ich wusste sofort, was sie meinte. Quentins magere Gestalt ging mir durch den Kopf. Wie Ganga ihn umklammert hatte, wie einen losen Sack.

Ich schloss die Augen und wollte nicht mehr daran denken.

Anna zeigte auf den Plan. »Jedes Mal, wenn Ganga einen von uns holt, nagt er ihn bis auf die Knochen ab. Die Knochen isst er nicht, sondern führt sie der Verdauung zu. Drei Stunden nachdem er einen geholt hat, öffnet er eine Schleuse und schickt die Knochen hier runter zu uns. Sie rieseln dann von der Decke und landen in dem großen Becken.« Sie deutete

184

darauf, denn es war eingezeichnet. »Das ist das Kaugummi. Von dort gelangen die Knochen in den Zwölffingerdarm und werden dann in die Räucherkammer weitergeleitet. In dieser Kammer gibt es Passagen, sogenannte Kanülen, die uns weiterbringen. Ich hoffe, du bist nicht klaustrophobisch veranlagt?«

Ich schüttelte den Kopf.

»Gut. Wichtig ist, dass wir den Zugang zur Kammer erreichen.« Sie deutete auf ein paar Stichpunkte, die unterhalb des Pfeils notiert waren, der die Räucherkammer auswies.

»Die Knochen werden mit Windkraft transportiert und in die Kammer geleitet. Sie sind leicht und schweben hinein. Wir sind keine Knochen und schwer. Wenn wir das schaffen wollen, müssen wir direkt an der Wand entlangtreiben, sonst rutschen wir vorbei. Das wäre tödlich, denn der weitere Verdauungsprozess wäre schrecklich für uns.« Sie tippte mit ihrem Finger auf die Kammer. »Wenn wir es da hineinschaffen, haben wir eine große Hürde genommen.«

»Moment.« Ich unterbrach sie. »W-wie kommen wir denn in den Darm? Ist da nicht das Kaugummi?«

»Nein«, sagte sie. »Wenn Ganga die Knochen schickt, geht der Windgesang los, der das Kaugummi zur Seite bläst.« Sie zeigte auf das Wort. Es stand dort geschrieben. »Er bläst das Kaugummi für kurze Zeit zur Seite und so werden die Knochen durchgelassen. Wenn das passiert, müssen wir bereit sein und springen, damit wir mit den Knochen in den Darmtrakt kommen.«

Ich zog die Stirn kraus. »Aber wenn es so einfach ist, wieso ist es dann nicht schon gemacht worden?«

»Es ist nicht einfach«, beharrte Anna. »Ein falscher Sprung an die falsche Stelle und du bist dran. Dann treibst du in der rosa Masse und schmilzt langsam und qualvoll dahin. Glaub mir, das willst du nicht miterleben.« Sie verzog angewidert das Gesicht. »Ich habe die letzten Wochen damit zugebracht, den Fall der Knochen zu analysieren. Ich weiß, von wo und wie wir ungefähr springen müssen, um eine Chance zu haben. Von der Passage in der Kammer kommen wir dann hoch und landen vermutlich in der Leber.«

»Vermutlich?«, hakte ich nach.

Sie taxierte mich wütend. »Entschuldige, wenn ich diese Reise noch nicht gemacht habe und keine Postkarte unterwegs ist. Woher soll ich es wissen, ich bin auch nur so schlau wie dieser Plan.«

Ich überging ihre Bemerkung, sie hatte ja recht. »Wie geht es weiter?«

»Von der Leber geht es weiter ins Knochengerüst. Zum Brustkorb und zu den Rippen.« Sie fuhr über das Poster und biss sich auf die Unterlippe. »Da müssen wir aufpassen. Offenbar ist dieses Terrain bewacht. Genaueres steht hier nicht – außer einem Wort.« Sie tippte darauf. »Hausmeister.« Anna schürzte die Lippen. »Ich weiß auch nicht, was das heißen soll. Jedenfalls müssen wir über die Rippen nach hinten zum Rückenmark, dort nach oben und dann sind wir im Kopf. Dann nur noch zu einem Ohr und darüber in die Freiheit.« Sie klatschte in die Hände. »Fertig. Falls wir auf dem Weg nicht geschlachtet, ermordet oder geviertelt werden, sollten wir einigermaßen lebendig bei einem der Ohren ankommen.«

»Und wenn nicht?«, fragte ich zögerlich.

Sie starrte mich an. »Dann ist es genauso gut, als ob Ganga dich mitgenommen und deine Arme einzeln abgenagt hätte. So oder so, wir spielen auf Zeit. Entweder wir sterben hier oder woanders, wobei wir auf dieser Route wenigstens eine Chance haben.«

»Aber wenn du diesen Plan so ausgeklügelt hast, wieso bist du nicht schon längst weg? Du hättest doch schon vor Wochen aufbrechen können.«

Sie lächelte. »Gute Frage«, sagte sie und deutete auf den Brustkorb. »Offenbar müssen wir zu zweit sein, wenn wir bis zum Rückenmark vorstoßen möchten.« Ihr Finger streifte eine Zeichnung, die aussah wie ein Hamsterrad mit mehreren Speichen. Daneben war eine Zahl geschrieben: *Zwei*.

»Ich bin mir nicht sicher, was die Zwei bedeutet. Sie kann für alles stehen und auf dem Poster gibt es keine Erklärung. Also habe ich beschlossen zu warten, bis jemand kommt, der mich begleiten will. Bevor ich die Sache alleine durchziehe und feststelle, dass ich nicht weiterkomme, nehme ich lieber jemanden mit, der mir helfen kann. Außerdem …« Sie verdrehte die Augen. »Ist es besser zu zweit als alleine.«

Das konnte ich verstehen. »Hast du die anderen mal

gefragt?«

Sie rümpfte die Nase. »Ja, mehrmals, aber die wollen nicht.«

»Hast du ihnen den Plan gezeigt?«

»Nein. Aber das hätte keinen Unterschied gemacht. Auf ihrem Plan ist das Windsystem auch erklärt und sie trauen sich nicht, in den Darm zu springen. Keiner von ihnen. Sie halten es für Wahnsinn.«

»Das ist es vermutlich auch«, raunte ich.

»Aber auch die einzige Möglichkeit«, sagte sie fast flehentlich. »Es sei denn, du möchtest dir noch einmal einen Kinnhaken von 'nem Boxhandschuh holen?« Ihr Finger deutete auf den Pfeil, der die Wände des Magens beschrieb. Daneben stand: *Sicherheitsstrategie 2b: Boxen.*

Ich verneinte. Das wollte ich natürlich nicht.

»Also, Sportsfreund, bist du dabei oder nicht?«, fragte sie. Ein hoffnungsvolles Glitzern erwachte in ihren Augen. Ich zögerte, auch wenn ich meine Entscheidung bereits getroffen hatte. Mir offenbarten sich zwei Möglichkeiten: Entweder wir würden im Magen bleiben und früher oder später von dem Clown gefressen werden oder wir versuchten einen Ausbruch.

Mein Versprechen fiel mir ein. Es wäre Zeit, sich daran zu halten.

Ich sah noch mal auf das Poster, den eingezeichneten Magen und das Becken, in dem sich das Kaugummi befand. Viele Optionen zu sterben, dachte ich. Das war auch der Grund, der mich zurückhielt. Im

Moment war Ganga nicht da, aber das bedeutete nicht, dass er nicht wiederkommen und jemand Neuen holen würde – irgendwann, wer wusste wann. Ich musterte Anna. Sie wartete geduldig, die Augen auf mich geheftet. Der Funken Hoffnung war noch da. Ich nickte. »Ich komme mit.«

»Großartig.« Sie stand auf und rollte das Poster zusammen. Dann stopfte sie es unter ihre Bluse. »Wir sollten uns vorbereiten, denn viel Zeit haben wir nicht. So viel war an Quentin nicht dran.«

Dieser zynische Spruch entlockte mir ein Lächeln, für das ich mich schämte.

Ich erhob mich und wir kehrten dem Friedhof den Rücken. Mit gemächlichen Schritten machten wir uns auf den Weg zurück zum Zelt. Etwas entfernt ragte es vor uns auf. Die rot-weißen Außenwände, die Seile, mit denen die Spitzen verbunden waren. Die unbeweglichen Wimpel an den Rändern. Anna schien an das Gleiche zu denken, denn sie schüttelte den Kopf und sagte: »Mein Gott, bin ich froh, dass ich das hinter mir lasse.« Und in meine Richtung: »Du machst aber keinen Rückzieher, oder?« Dabei sah sie mich energisch an.

»Nein – natürlich nicht«, sagte ich. »Ich komme mit!« Und ich hatte es wirklich vor.

Sie gab sich offenbar zufrieden damit.

61.

Gemeinsam ließen wir die Strecke hinter uns und erreichten den Eingang. Von drinnen waren Stimmen zu hören. Ein paar Leute lachten, andere unterhielten sich.

Als wir das Zelt betraten, kehrte Ruhe ein und die Blicke der anderen wandten sich uns zu.

»Ah, Larry«, sagte Marvin und hob grüßend einen Arm. Er saß auf einer Bank – zusammen mit Katja, Muriel und Christopher. Als er Anna neben mir bemerkte, wurde seine Miene düster.

Ich stellte mich vor die anderen, Anna hinter mir.

»Wir werden fliehen«, sagte ich in die Runde. Niemand erwiderte etwas. Sie standen oder saßen da und sahen uns an.

»Wir werden versuchen, durch den Darmtrakt zu entkommen.«

Marvin schnaufte und ließ den Kopf sinken. Ein Lächeln streifte seine Züge.

Er erhob sich und ging auf mich zu. »Was hat sie dir erzählt, Larry?«

Ich zog meine Augenbrauen hoch. »Alles, Marvin«, sagte ich. »Alles, was ich wissen muss.«

»Du willst dich selber töten und reißt ihn da mit rein?« Marvin wandte sich an Anna.

Sie zischte. »Wir werden eh sterben, Hohlkopf, was macht es also für einen Unterschied?«

Marvin ließ sich nicht abbringen. »Du weißt, was mit Theo passiert ist, oder? Du warst dabei, als er gesprungen ist und im Kaugummi landete. Und all das, nachdem du ihn aufgewiegelt hattest.«

Ich drehte mich zu Anna. »Was?«

Sie sah betreten zu Boden.

Marvin schnaubte. »Alles erzählt, ja? Dass ich nicht lache.« Er klopfte mir gönnerhaft auf die Schulter und schritt zurück zu den anderen.

»Es gab also bereits einen Versuch?«, fragte ich.

Anna wiegte den Kopf. »Ja …«, sagte sie, vermutlich unsicher, wie sie es erklären sollte. »Ja, es gab einen – vor dir. Sein Name war Theo und er war überheblich und hitzig. Er hat mir nicht zugehört.« Ihre Stimme wurde lauter und man konnte die Frustration heraushören. »Er wollte nicht zuhören, Larry. Ich habe ihm noch gesagt: Warte, spring nicht, es ist noch zu früh. Aber er ist einfach losgegangen, ohne abzuwarten. Dann hat es ihn erwischt.« Sie zuckte mit den Achseln. »Da konnte ich ihm auch nicht helfen.«

Ich starrte sie an. »Das hättest du mir sagen können!«

Sie verdrehte die Augen. »Ja, und was hätte das geändert? Am Ende stehen wir hier und fragen uns, wie wir weitermachen. Ich hielt es nicht für überragend wichtig.«

Von hinten begann Marvin zu sprechen. Wir drehten uns gleichzeitig um. Er klatschte in die Hände und streckte sie dann wie ein Priester zum Segen aus. »Genug jetzt, ihr Streithähne, wie wäre es, wenn ihr euch beruhigt und euch zu uns setzt? Offenbar habt ihr eingesehen, dass euer Plan zum Scheitern verurteilt ist.«

Wir starrten ihn an. Schweigend, fassungslos.

»Nein!«, riefen wir gleichzeitig. Unsere Blicke trafen sich. Anna lächelte, ich nickte bestätigend.

»Ihr wollt es also durchziehen?«, fragte Marvin.

Ich trat einen Schritt auf ihn zu. »Wir werden es versuchen. Entweder Ganga holt uns oder wir versauern in der Pampe.«

»Hast du vielleicht daran gedacht, dass Yoki uns hier rausholen könnte?«

Ich sah ihn an.

»Dass sie uns hier rausholen könnte, wenn sie entscheidet, dass sie uns genug gestraft hat?«

Mir fiel etwas ein. »Ist das deine Hoffnung?«, fragte ich. »Eure Hoffnung?« Niemand sagte etwas. »Dann seid ihr genauso naiv, wie ihr ausseht.«

Ein Beben fuhr durch das Zelt. Ein starkes Beben, das die Bänke vibrieren ließ, die Truhen rüttelte und mich ins Schwanken brachte.

62.

Es hielt nur ein paar Sekunden.

Anna zupfte mich am Ärmel. »Das ist es«, flüsterte sie. Ein dröhnendes Lachen war zu hören. Es war das Gackern eines Clowns und es hallte durch den Magen.

Anna ergriff meine Hand und deutete auf den Zugang zum Zelt. »Komm«, rief sie und wir stürmten hinaus. Die anderen folgten uns. Unter unseren Füßen zitterte es, als würde Ganga auf einem Wasserbett liegen. Ein paar Speichelhügel quollen auf wie die Eier aus den Alienfilmen, und gaben einen undurchsichtigen Dampf in die Luft ab.

Anna führte mich an den Rand der Klippe und deutete mit einem Finger auf die seitliche Wand. Ich kniff die Augen zusammen und versuchte zu erkennen, was sie meinte. Das Kaugummi drehte sich. »Siehst du diese Wand?«, fragte sie. Natürlich konnte ich sie sehen, sie war ja so groß wie eine Außenmauer. Ein weiterer Zug an meiner Hand brachte mich beinahe ins Straucheln. Anna brachte mich an die nahe Fleischwand des Magens.

Erneut deutete sie auf das Becken. »Gleich!«, schrie sie.

Ich sah hin und mir stockte der Atem. Ein dröhnendes Geräusch erklang. Das Kaugummi bewegte sich, aber nicht im Kreis, sondern zur Seite. Unvermittelt rührte sich die Masse nach links, weg von der Wand, und türmte sich zu einem gewaltigen Haufen auf. Die ehemals verdeckten Stellen wurden sichtbar und dort, wo ich nichts vermutet hätte, entblößten sich ein großes Loch und zwei Gesichter, die aussahen wie Brunnenreliefs. Beide bestanden aus Stein. Sie waren kreisrund, hatten breite Augen und einen Mund, der zu einem imposanten Kreis geformt war. Die Gesichter bliesen Luft aus und beförderten das Kaugummi von zwei Seiten zurück.

Anna fuchtelte hektisch mit einer Hand. »Da!«, schrie sie. »Wir müssen genau an den Rand des Gesichts springen.« Sie sah mich an. Der ungestüme Ausdruck ihrer Augen bescherte mir Unbehagen.

Ich nickte.

»Gut.«

»Wenn du in den Wind kommst, bist du tot«, sagte sie. »Du darfst nicht zu weit springen.«

Ich fühlte Angst. Mein Herz raste. Anna führte mich ein Stück zurück und zeigte nach oben, an die Decke. Eines der Löcher war sehr groß geworden, als hätte es sich gedehnt. Ein Rumpeln war zu hören.

»Dort kommen die Knochen durch. Ignoriere sie einfach. Wir halten uns am Rand fest, klar?«

»Ja!«, rief ich.

Wir traten noch ein Stück zurück. Ich analysierte den Abstand zwischen der Klippe und dem Gesicht. Es waren etwas mehr als vier Meter. Eigentlich möglich, wenngleich es schwierig sein würde, die richtige Menge Kraft aufzubringen, um nicht mit dem Wind in Kontakt zu kommen, der unablässig aus dem runden Maul wehte.

Anna zwickte mir in die Seite. »Jetzt!«, rief sie.

Ich sah nach oben.

Die ersten Knochen kamen zum Vorschein. Es waren viele und sie waren sehr unterschiedlich. Kleine, mittlere, große, winzige. Sämtliche Knochen, die Quentin einmal im Körper gehabt hatte. Sie stürzten so perfekt, dass sie nicht in den Wind kamen, sondern neben die Gesichter fielen, in die unberührte Ecke, wo die Luft nicht hinkam. Ich blickte zur Seite und sah die anderen, die am Zelt standen und uns zusahen. Marvin stand vorne, die Arme verschränkt, einen Ausdruck der Verachtung auf dem Gesicht.

Ich hob eine Hand zum Abschied. So oder so, dachte ich, würde es das letzte Mal sein, dass ich ihn sah.

Er reagierte nicht, sondern starrte nur.

Neben mir begann Anna zu zählen. »Eins.« Sie ließ meine Hand los. Jeder sollte für sich springen.

»Zwei.« Ich schluckte und presste die Lippen aufeinander.

Jetzt oder nie, dachte ich.

»Drei.«

63.

Wir rannten los, eilten über die Klippen und warfen uns in die Luft. Wir flogen wie Vögel über den rosa Sumpf. Die Zeit dehnte sich, wir wurden ein Teil des Ganzen. Meine Armen schwangen frei. Ich spürte etwas Feuchtigkeit auf den Wangen. Einen Wind, der mir über die Nase wehte. Neben mir flog Anna. Sie hatte die Knie angezogen, die Arme elegant von sich gestreckt. Wir waren direkt nebeneinander. Stück um Stück bewegten wir uns vorwärts. Ein Meter, noch ein Meter, dann noch ein Meter und ein weiterer.

Wir sanken.

Ich spürte eine Brise der Erfüllung in mir aufsteigen.

Gemeinsam klatschten wir wie Fliegen an den Rand des Gesichts und umklammerten den soliden Vorbau. Das Donnern der Luft war jetzt direkt neben unseren Ohren. Ich konnte die Augen nicht weit aufmachen, da die Windmassen so stark wirbelten.

Anna brüllte: »Unter uns ist ein Loch. Nicht weit weg. Da müssen wir rein. Finde das Loch, Larry! Auf drei!«

Ich war bereit.

»Eins ... zwei ... drei!«

Das Letzte, was ich sah, war die Gruppe am Rand der Klippe. Alle waren gekommen, um zu sehen, ob wir es geschafft hatten oder nicht. Jetzt standen sie da mit offenen Mündern. Marvin nickte mir zu. Ich erwiderte es nicht.

Auf drei ließ ich los und Anna und ich verschwanden in der Grube.

Wir stürzten hinunter. Die Haut war nass und

glitschig. Sie war feuchter als oben. Ich hatte meine Hände griffbereit nach vorne gerichtet und wartete auf das Loch, das Anna angekündigt hatte. Es kam schnell und wir hatten eine unglaubliche Geschwindigkeit.

Als das Loch kam, griff ich nach vorne, so impulsiv, wie ich noch nie in meinem Leben zugegriffen hatte. Verzweifelt krallte ich mich in das Fleisch – so fest ich konnte.

Irgendwo, in Gangas Geist, wird das ziemlich wehgetan haben.

64.

Ich biss die Zähne aufeinander. Ich war wie ein Tier, meine Finger zusammengedrückt, als würde ich das Fleisch auswringen, und merkte, dass ich nicht mehr fiel. Hinter uns war der sanfte Luftzug einer Windmaschine zu spüren, die die Knochen in den Kanal trieb. Sie waren jetzt direkt über uns und glitten in ihn hinein.

Anna war vor mir im Loch. Dann half sie mir beim Hochkommen.

Ich keuchte erschöpft. Anna hielt den Kopf gesenkt, da sie nicht mit den Knochen in Berührung kommen wollte. Über uns beendeten die Gesichter den Windstrom und erloschen. Jetzt sprangen zusätzliche Gesichter von unten an, die sich unterhalb der Kaugummimasse befanden und dafür sorgten, dass das Gemisch oben blieb. Sie hatten die Unterlippe etwas vorgeschoben, sodass der Luftstrom nicht geradeaus, sondern aufwärts verlief. Auch die Augen waren angewinkelt.

Kurz darauf endete die Luft, die die Knochen transportierte. Stille kehrte ein, lediglich durchbrochen durch die mühlenartigen Geräusche des Kaugummis.

Anna und ich waren allein.

65.

Ich richtete mich auf und sah sie an. Sie sah mich an.

Ein Moment des Schweigens, dann fielen wir uns in die Arme. Wir begannen zu weinen und lachten. Ich umarmte sie und sie mich. Wir waren so glücklich.

Was glauben Sie, wie es ist, sich dem Tod zu stellen, ihn direkt vor sich zu haben und dann doch zu überleben. Durch Glück, Zufall, vielleicht beides – auch egal. Ich lebte noch, sie auch, und wir hatten eine Hürde genommen. Es war wundervoll.

Eine ganze Minute saßen wir zusammen, weinten und lachten. Dann lösten wir uns voneinander und ich wischte die Tränen weg. Es wurde ernst, denn unsere Reise war nicht zu Ende.

Neugierig lehnte ich mich ein Stück vor, um den Abgrund in Augenschein zu nehmen, der sich uns offenbarte. Der Darm führte tief nach unten. Ich konnte Auswüchse an den Wänden sehen, die wie Blumen aussahen, mit Blüten und grünen Blättern.

»Lass dich nicht täuschen«, sagte Anna. »Das sind keine echten Blumen. Sie sind scharf wie Messer. Kommst du mit ihnen in Berührung, kann das richtig wehtun. Ich weiß es nicht genau, aber bevor Marvin es weggeräumt hat, gab es ein Foto von einem Jungen, der einmal in den Darm gesprungen ist. Yoki muss es gemacht haben. Der Arme wusste nichts von der Räucherkammer und ist einfach gefallen. Offenbar hat er den Verdauungstrakt überlebt, denn er soll bis zum Schluss geatmet haben.«

Ich betrachtete sie entsetzt. »Was war auf dem Bild?«,

fragte ich.

»Es war ein Abbild von ihm. Auf der Rückseite stand der Text, der es erklärt hat. Er saß auf einem Kinderroller, du weißt schon, so einer, mit dem die Kleinen über die Straße fahren und war übersät mit Narben. Sein Gesicht war wie ein Würfel geformt und im Mund hatte er einen Apfel. Ob er noch Augen hatte, weiß ich nicht, denn er sah künstlich aus. Zudem war er voller Konfetti und Partygirlanden.« Sie wandte sich dem Tunnel zu. »Das war Clownsscheiße. Komm! Wir müssen weiter.«

66.

Ich nickte und ignorierte das Stechen in meinem
Magen. Auf allen Vieren bewegten wir uns voran. Die
Wände waren glitschig und wir mussten aufpassen.
Glücklicherweise war der Darmtrakt erleuchtet, was
nicht an Lampen lag, sondern an der Haut selbst, die
irgendwie glühte.

Umsichtig krochen wir vorwärts. Anna vor mir und
ich hintendran. Der Tunnel war lang. Ich hatte den
Eindruck, als würden wir durch den Körper einer
Raupe krabbeln. Meine Hände waren nass und
schaumig. Es stank nach Speichel und Magensaft.

Schließlich erreichten wir eine Stelle, die nach unten
führte. Wir hatten gerade eine kleine Erhöhung
erklommen. Auf der anderen Seite führte der Tunnel
hinunter und in etwas, das aussah wie eine
umfangreiche Ansammlung von Äpfeln.

»Äpfel.« Ich runzelte die Stirn. »Ist das … normal?«

Anna kam hinter mir zum Vorschein. Sie griff in ihre
Bluse und faltete das Poster auseinander. Mit dem
Finger suchte sie den Pfeil, der die Kammer beschrieb.
»Hm«, sagte sie. »Von Äpfeln steht hier nichts, aber
wir sind trotzdem richtig. Siehst du?« Sie tippte auf
den Tunnel. »Genau da sind wir jetzt.«

»Und was sollen wir jetzt machen?«, fragte ich.
Argwohn lag in meiner Stimme. Ich konnte mir
vorstellen, worauf das hinauslaufen würde, aber ich
wollte es von Anna hören, um ganz sicherzugehen.

Anna faltete das Poster zusammen und stopfte es
zurück in ihre Bluse. Dann hockte sie sich an den

Rand des Abhangs. »Ich nehme an, dass wir da runter müssen, Larry«, sagte sie. »Was anderes bleibt uns nicht übrig.«

Ich setzte mich so wie sie hin. Mir fiel das schwerer, da ich größer war.

»Aber was ist, wenn das Säure ist?«

Sie zuckte die Schultern. »Lass es uns herausfinden.« Und mit diesen Worten glitt sie über die Kante und stürzte ins Wasser hinab.

67.

Ich sah ihr nach, ließ mich aber fallen, bevor sie landen konnte. Mit etwas Abstand zueinander krachten wir in das Wasser - und tauchten nicht ein, da es nicht tief genug war. Bevor wir hätten ganz einsinken können, berührten wir den Grund - und der war eigenartig, denn er war in Bewegung. »Was?«, entglitt es mir. Ich sah hinunter, auf die Äpfel. Sie waren überall. Wir standen in einem gewaltigen mit Wasser gefüllten Becker. Das Wasser reichte uns bis zur Brust, und Äpfel trieben an der Oberfläche. So viele, dass ich sie beiseiteschieben musste, um eine Aussicht auf den Grund zu erhaschen.

»Oh.«

»Was?«, fragte Anna. Sie hatte einen Apfel in die Hand genommen und inspizierte ihn interessiert. Ich deutete hinunter.

Anna schob die Äpfel weg und sah hinab. »Oh.«

Unter uns lagen Knochen, übereinander gehäuft und geschüttet und jeder Schritt, den wir machten, führte dazu, dass sich die Knochen bewegten.

»War doch gar nicht so schlimm.« Anna grinste. Ich prüfte die Wände. Sie waren nicht so groß wie die Wände des Magens. Eher klein – winzig sogar. Der Raum wirkte komprimiert. Zudem roch es wahnsinnig süßlich und an der Decke hatten sich Dampfschwaden gebildet, die in kleine Löcher auswichen.

Anna legte den Kopf schräg. »Ich glaube, das ist Aroma«, sagte sie. »Ich habe etwas davon gelesen. Es stammt wohl von den Knochen und den Äpfeln.«

Ein Beben ließ die Oberfläche erzittern.

»Huch?« Anna sah mich an. »Warst du das?«

Ich schüttelte den Kopf. Wir blieben stocksteif stehen. Eine weitere Erschütterung warf Kreise auf die Oberfläche. »Etwas stimmt nicht«, flüsterte ich.

Anna sagte nichts, sondern schien nachzudenken. Sie sah zur Decke und dann zu den Wänden. Die Hände hatte sie oberhalb ihres Kopfes platziert, um sie nicht ins Wasser halten zu müssen. Ich tat das gleiche.

Ein Grollen durchfuhr die Kammer.

Ich hickste erschrocken. Plötzlich entstand auf der gegenüberliegenden Seite ein Loch. Darin war die Silhouette einer Gestalt zu erkennen, die rasch näherkam.

Wir starrten auf das Loch und ich merkte, wie die Angst in meine Glieder eindrang. Auf einmal fühlte sich das Wasser kalt an, als hätte es an Temperatur verloren. Denn als ich aufsah, stand ein wildfremdes Wesen am Rand des Tunnels und starrte in unsere Richtung.

Anna griff nach meiner Hand. Ich konnte nicht mehr atmen, so viel Angst hatte ich.

68.

Das Wesen war klein und sah aus wie ein Leguan. Es hatte einen gebogenen, knochigen Rücken und war so dünn, als hätte es seit Jahren nichts mehr zu fressen bekommen. Die graue Haut spannte über den Knochen. Der Hals war lang, das Gesicht schmal und statt eines Mauls besaß es eine Art Schnabel. Ob es Augen hatte, kann ich nicht sagen. Ich sah keine. Zwei Arme hielten einen Holzstock. Daran konnte ich erkennen, dass es vermutlich älter war. Die Füße waren lang und schmal, die Nägel der Kreatur spitz und rasiermesserscharf.

Das Wesen schnupperte.

Oh Gott, dachte ich. Ich hatte die Hoffnung, dass wir unter dem Dunst des Aromas vielleicht untergehen würden, aber das schien nur bedingt zu geschehen, denn das Wesen öffnete den Schnabel und rief etwas in einer unbekannten Sprache.

Etwa so: »Guurallogogogoeigoaliopadar? Gagoralieo?«

Es hörte sich an wie eine Frage.

Niemand sagte etwas. Was auch? Was hätten Anna und ich sagen sollen?

Wir standen da, dicht an dicht gekauert, und starrten das Wesen an. Unsere Münder waren versiegelt.

Das war offenbar ein Fehler, denn das Wesen schien eine Antwort zu erwarten. Und jetzt drehte es völlig durch. Es wendete den Stock und entblößte eine mörderische Klinge: eine Art Axt. Mit lautem Gebrüll warf es sich in die Luft und landete auf den Äpfeln.

Fassungslos musste ich ansehen, wie die Kreatur von den Äpfeln gehalten wurde und nicht einsank. Dann rannte das Wesen geifernd auf uns zu. Ich war gelähmt vor Angst und lediglich fähig zu blinzeln.

Anna war aktiver. Sie ließ meine Hand los und rauschte an die hintere Wand, wo sich Scharten durch das Fleisch zogen.

Ich sah, wie die Kreatur über zwei Äpfel sprang und auf einem dritten landete. Dort musste sie innehalten und sich stabilisieren. Die Axt lag in der rechten Pranke des Untieres. Es öffnete den Schnabel und rief: »Gooorguiguiallllloorrretrzke?«

Offenbar wieder eine Frage, denn so hörte es sich an. Als keine Antwort kam, heulte es auf und stürzte weiter. Hinter mir rief Anna. Ich nahm es wahr, aber ich war zu fixiert auf die Kreatur, die näher kam. Plötzlich packte mich Anna am Hals und drückte mich beinahe unter Wasser. Ich spürte die Fluten an meinem Kinn.

»Du verdammter Esel!«, brüllte sie. »Wirst du wohl aufwachen!«

Sie fasste mich am Arm und zog mich hinter sich her. Ich sah, wie das Wesen aufheulte, die Axt schwang und damit einen Apfel zerteilte, der aufklappte wie ein Kokon und in zwei Hälften weitertrieb. Anna führte mich zu der Scharte, die sie untersucht hatte.

Eine der Kanülen, die sie mir auf dem Poster gezeigt hatte.

»Du zuerst – los!«, rief sie. Ich gehorchte ohne Widerspruch. Ich grub die Knie in das Fleisch und zwängte mich hinein. Mein Kopf verschwand in der Scharte und ich zog mich vorwärts. Über mir war die Umrandung einer Öffnung zu sehen. Der Weg war eng. Ich hatte Mühe meine Beine in das Loch zu ziehen, als ein Ruck durch meinen Körper ging und ich Annas Hände spürte, die von außen drückten.

Das Schreien der Kreatur war wieder zu hören, nur konnte ich diesmal nichts mehr sehen.

Ich griff nach dem Fleisch und zog mich hoch. Die Wände pressten sich gegen meine Brust und drückten gegen meine Klamotten. Die Haut war glitschig. Ich dachte an Anna und beeilte mich, aber ich war wohl nicht schnell genug. Auf halber Strecke hörte ich ein lautes Schreien, das diesmal nicht von dem Wesen kam, sondern von ihr.

69.

Ich blieb stehen und sah nach unten, schockiert über das, was ich gehört hatte.

»Geh rauf!«, klagte Anna, und pochte gegen meine Füße. Ich bewegte mich weiter. Eine Hand nach der anderen. Es war stickig. Das Licht kam näher. Ich versuchte schneller zu werden, aber es gelang mir nur begrenzt. Das Letzte, was ich wollte, war abzurutschen und auf Anna zu fallen oder den Weg zu blockieren.

Oben packte ich die letzten Fleischstücke und zog mich aus dem Gang. Dann drehte ich mich um und erspähte Anna, die hinter mir war. Ihr Haar war zerzaust, da es sich in der nassen Haut verfing, ihr Blick zeugte von Hoffnungslosigkeit.

»Hilf mir.« Sie streckte mir eine Hand entgegen. Ich ergriff sie und zog. Wie ein Korken rutschte sie aus der Fleischhülle und plumpste vor mir auf den Grund. Das Erste, was ich bemerkte, war Blut. Sehr viel Blut. Es bildete eine Spur, die bis hinunter in die Scharte führte, und sie begann bei Annas rechter Wade, auf der ein länglicher Schnitt prangte.

»Verdammt«, entfuhr es mir. Das Wesen hatte sie erwischt. Ein Blick zurück in den Gang enthüllte, dass es uns nicht nachgekommen war.

Anna drehte sich auf den Rücken und stellte die Beine an. Sie stöhnte schmerzerfüllt und verzog das Gesicht. »Mist«, rief sie. »Diese Axt ist scharf.« Ich hob vorsichtig ihr Bein an und begutachtete die Wunde. Sie blutete stark und der Schnitt saß tief.

Ich überlegte, was ich machen sollte. Dann fiel mir etwas ein. Ich streifte meinen Pullover ab und dann mein T-Shirt, sodass ich mit freiem Oberkörper vor ihr saß.

Anna bemerkte das. »Was wird das?«, fragte sie. »'Ne Stripshow?«

»Ich verbinde dein Bein.« Ich zerriss mein T-Shirt und wickelte es um die Wunde. »Achtung, das wird jetzt wehtun.«

Sie nickte.

Ich zog die beiden Seiten zusammen und zurrte sie so fest ich konnte. Der Schmerz katapultierte Anna in die aufrechte Haltung. Ihr Gesicht war verzerrt und sie hatte den Mund zum Schrei geöffnet.

»Oh Gott«, rief sie und blickte auf ihr Bein. Es war fest verschnürt und die Wunde nicht mehr zu sehen. »Wird das reichen?«

»Ich weiß nicht«, sagte ich. »Im Zweifel haben wir noch etwas Stoff.« Ich hob die verbliebenen Reste des T-Shirts hoch.

»Gut.« Anna machte Anstalten aufzustehen. Ich half ihr.

»Es ... es tut mir übrigens leid«, sagte ich kleinlaut. Sie biss die Zähne zusammen und fuhr sich mit einer Hand über die Stirn. »Was?«

»Das ich nicht so schnell reagiert habe. Ich hätte -«

»Ach Unsinn, Larry.« Sie machte eine schnelle Handbewegung. »Wir können es nicht ändern. Lass uns nach vorne schauen, nicht zurück.«

Ich nickte. Dennoch fühlte ich mich schuldig wegen

Annas Verletzung.

Sie ging voraus, wobei sie humpelte und das rechte Bein nachzog. Ich machte mir Sorgen, da wir noch nicht am Ende angelangt waren, aber versuchte positiv zu bleiben und mich an die Hoffnung zu klammern, das wir es schaffen würden.

Ich zog meinen Pullover wieder an; die Reste des T-Shirts stopfte ich in meine Hose.

Der folgende Raum war unförmig und wackelte wie ein Pudding.

Meine Füße gaben matschige Geräusche von sich, sobald ich einen Schritt setzte. Auf der rechten Seite befand sich ein Durchgang in der Form einer einfachen Tür. Wir steuerten darauf zu.

Das musste die Leber sein, dachte ich. Und tatsächlich, als wir den Fleischraum hinter uns ließen, entblößte sich ein Areal, das so weitflächig war, dass ich vor Verwunderung den Mund öffnete und nicht mehr schloss.

»Das ... das darf doch nicht ... Das kann doch nicht ...«

70.

Wir blieben stehen und sahen uns um. Was wir sahen, war imposant. Ein Ort, größer als der Magen.

Die Leber bestand aus drei zentralen Plätzen. Zwei Plattformen am Rand, die eine, auf der wir standen, und die andere auf der gegenüberliegenden Seite. Dazwischen lag ein Graben, der Dutzende Meter nach unten führte und wie ein verlängerter Abschnitt des Grand Canyon aussah.

Überall passierte etwas. Geräusche waren zu hören. Es erinnerte an den hektischen Ablauf in einer Firma. An den Wänden verliefen Rohre. Sie waren bunt, bildeten Spiralen, fuhren ineinander oder wanden sich in anderen skurrilen Formen.

Inmitten des Grabens waren Maschinen angebracht, die aussahen wie Metallgeräte und aus Knochen gefertigt waren. Manche besaßen so etwas wie Schornsteine, aus denen weißer Dampf austrat. Andere waren mit den Rohren verbunden und sahen wie primitive Kästen aus. Wieder andere waren lang wie Fließbänder und bewegten sich wie Hüpfburgen. Luftballons flogen herum. Sie glitten von einem Ort zum anderen und an ihren Seilen hingen Päckchen dran.

Von der Decke strahlte eine große Handlampe herunter und neben den vielfältigen Apparaturen, den Geräuschen und den Ballons waren wir nicht die einzigen lebenden Wesen an diesem Ort. Es gab andere. Sie sahen aus wie Kobolde, hatten spitze Ohren und eine grüne Haut. Daneben waren sie fett.

Ihre Augen waren schmal und ihre Lippen prall. Ihre Arme lang. Zudem waren sie muskulös, wenngleich ihre Beine winzig waren. Beinahe wie die Holzfüße eines Sessels. Auf dem Kopf trugen sie Mützen. Typische Clownsmützen. Manche trugen die dreieckige Variante, die aussah wie eine Pyramide, andere Mützen mit Bommeln und Glöckchen.

Gemeinsam mit Anna verharrte ich am Rand und betrachtete das Geschehen. An der rechten Wand standen Päckchen. Eine Gruppe der Arbeiter war gerade damit beschäftigt, die Päckchen an Ballons zu binden und diese über die Klippe auf die Reise zu schicken. Woher die Ballons wussten, wohin sie fliegen sollten, konnte ich nicht feststellen.

Ich tippte Anna auf den Arm. Sie wandte sich mir zu. Ich konnte sehen, dass sie angestrengt nachdachte und erschöpft war. »Ja?«, fragte sie.

»Was machen wir jetzt?« Mir war nicht wohl dabei, von diesen Kreaturen umgeben zu sein. Der Ort bereitete mir ohnehin Unbehagen und der Gedanke an die Schnabelkreatur stieg in mir auf.

Anna dachte nach. Dann sagte sie: »Ich fürchte, wir müssen irgendwie auf die andere Seite.« Sie machte einen Schritt.

Ich hielt sie zurück. »Was ist, wenn die uns angreifen?«

Anna seufzte. »Larry … dann stell dich darauf ein, dich mannhaft vor mich zu werfen und mich zu beschützen.« Sie entzog ihren Arm meinem Griff und ging vorwärts.

212

71.

Nach zwei Schritten blieb sie stehen. »Du hast immer noch nicht verstanden, wie unsere Chancen stehen«, sagte sie. »Wir können nicht zurück.« Sie deutete auf den fleischigen Raum, der von außen wie eine heruntergekommene Bruchbude aussah. »Entweder wir gehen weiter oder wir bleiben stehen und halten Maulaffen feil. Es gibt keine Alternative.«

Sie wartete nicht auf eine Antwort, sondern ging voran. Ich folgte ihr.

Wir erreichten die Päckchen und schritten an den Kreaturen vorbei, die uns ausdruckslos betrachteten, jedoch keine Anstalten machten, uns aufzuhalten oder anzugreifen. Sie waren vollständig in ihre Arbeitsroutine vertieft und dachten nicht daran, diese zu unterbrechen.

Solange wir ihnen nichts tun, dachte ich, solange tun sie uns auch nichts.

Zuerst hatte ich den Eindruck, als liefe Anna ziellos durch die Gegend, bis ich eines der Wesen am Rand der Plattform erspähte, das in einem Knochenkasten saß und in die Gegend starrte. Auf dem Kopf trug es eine Mütze mit Bommeln. Der Kasten war gerade so groß, dass das Wesen mit seinem fetten Wanst hineinpasste, wobei eine ordentliche Portion Bauchfett über die Kanten ragte. Anna schien dieses Wesen ebenfalls entdeckt zu haben, denn sie steuerte direkt darauf zu. Ich blieb ihr dicht auf den Fersen.

Am Rand der Plattform, wo es viele Meter in die Tiefe ging, blieben wir stehen. Das Wesen hatte uns den

Rücken zugekehrt und betrachtete die Gegend.

Anna räusperte sich. Die Kreatur drehte sich um und taxierte uns mit ihren grünen Augen. »Wer seid ihr?«, fragte sie mit tiefer Stimme.

»Anna«, sagte Anna und stellte auch mich vor. »Wir wollen auf die andere Seite.«

Das Wesen betrachtete uns mit einem Blick, der so viel sagte wie: Angenehm, ich möchte auch so einiges. Als es nichts erwiderte, deutete Anna auf die Ballons und die Apparaturen. »Was ist das?«, fragte sie.

Das Wesen folgte ihrem Arm. »Das ist die Leber, Fräulein. Wir sind für die Produktion lebenswichtiger Proteine verantwortlich, damit Ganga funktionieren kann.«

»Und was ist in den Päckchen?«, fragte Anna weiter.

»Knochenpulver.«

Ich zog die Brauen hoch, sagte aber nichts.

Anna ließ sich nicht unterkriegen. »Und wer seid ihr?«

Das Wesen kaute auf seiner Unterlippe herum. »Wir sind Riboktome. Wo kommt ihr her?«

Anna zögerte, warf mir einen nachdenklichen Blick zu und sagte: »Wir kommen von unten.« Sie deutete auf das Fleischhaus.

»Von unten?« Das Wesen legte die Stirn in Falten, sofern das mit der dicken Haut möglich war.

»Ja, von unten!«, beharrte Anna.

»Seid ihr Rohstoffe?«

Anna verzog das Gesicht. »Rohstoffe? ... Ah!« Es wurde ihr offenbar klar, bevor das Wesen antworten konnte. »Nein. Natürlich nicht!« Ich sah, wie sie sich nervös über die Stirn fuhr.

»Wir sind … wir sind …« Sie sah mich an.

»Prüfer«, sagte ich.

»Ja richtig. Wir sind Prüfer.«

»Prüfer?«, wiederholte das Wesen. »Davon habe ich noch nie gehört.«

»Yoki hat uns geschickt«, erklärte Anna. »Wir sollen sicherstellen, dass alles seinen geregelten Gang geht.«

»Hmm.« Das Wesen fuhr sich mit einem Finger über das wulstige Kinn. »Könnt ihr das auch beweisen?« Es legte die Hände aufeinander.

»Ähh«, begann Anna.

Verdammt, dachte ich. Jetzt sind wir am Arsch.

72.

Anna kramte das Poster aus der Bluse und faltete es auseinander. »Das ist Gangas Umriss. Eine von Yoki persönlich gefertigte Zeichnung«, meinte sie.

Sie reichte dem Wesen das Poster. Es war etwas nass und stellenweise gewellt, aber dennoch gut zu betrachten.

Das Wesen nahm das Poster und musterte es prüfend. »Yoki hat uns diese Version anvertraut, sie ist sehr viel genauer als die Ausgabe bei den Rohstoffen.«

Ein kalter Schauer lief mir über den Nacken. Das Wort Rohstoffe wirkte so abstoßend auf mich, dass ich beinahe würgte, aber ich ließ mir nichts anmerken. Geduldig warteten wir auf die Reaktion des Riboktoms.

Das Wesen musterte die Zeichnung und faltete das Poster dann wieder zusammen. »Nun gut«, sagte es. »Dann seid ihr also Prüfer. Was kann ich für euch tun?«

Anna zeigte nach hinten, auf die andere Seite. »Da müssen wir hin.«

Das Wesen drehte sich um. Die geballte Wabbelschicht vollführte eine Wendung nach links und wackelte über den Kasten. »Dorthin?«, fragte das Wesen. Es fuhr wieder zurück und lachte. Es war ein garstiges, unschönes Lachen. »Kein Problem. Aber das kostest was.«

Anna riss die Augen auf. »Was? Was soll das heißen, es kostet was?«

»Nichts ist gratis hier.«

Anna blies fassungslos die Luft aus. »Wir sind von Yoki geschickt worden!«

Das Wesen reckte die Schultern und blickte theatralisch nach links und rechts. »Ist sie hier?«, fragte es. »Ich sehe sie nicht.«

Mist, dachte ich. Anna wollte protestieren, aber ich berührte sie an der Schulter und fragte: »Was willst du denn?«

Das Wesen dachte kurz nach. »Einen Finger.«

73.

Mir fiel die Kinnlade herunter und Anna schnaufte bestürzt.

»Einen was?«, fragte ich.

Das Untier spreizte eine grobe Hand und reckte einen Zeigefinger in die Höhe. »Einen Finger«, wiederholte es.

Anna wurde bleich. »Das ... das ist nicht dein Ernst.«

»Mein voller Ernst«, sagte das Wesen. »Es tut auch kaum weh.« Es griff hinter sich und holte etwas hervor, das aussah wie eine überdimensionale Zange. Vorne befand sich eine Öffnung, die einem Zigarettenschneider nicht unähnlich war. Darüber hing ein Döschen aus Metall.

»Ein kurzer Schnitt und fertig«, sagte das Wesen. »Ihr werdet kaum was merken. Die Wunde wird gleich durch das Hautpulver versorgt.« Es tippte auf das Döschen.

Anna blinzelte. »D-das kommt nicht in Frage«, sagte sie. »Entschuldigung, wir suchen uns eine andere Stelle.« Sie packte mich am Arm und drehte mich um, damit wir fortgehen konnte, als das Wesen rief: »Viel Spaß bei der Suche. Die anderen sind wesentlich teurer als ich.«

Anna blieb stehen. Sie schloss die Augen und nahm einen tiefen Atemzug. »Was meinst du damit?«

Das Wesen zuckte die Achseln. »Manche fordern ein Bein, andere eine Hand. Ich bin da deutlich bescheidener.« Anna warf mir einen entgeisterten Blick zu.

Eigentlich wollte ich etwas sagen, aber ich wusste nicht was. Mir steckte der Schreck zu stark in den Knochen.

»Ich nehme auch nur einen kleinen Finger, versprochen. Das reicht mir.« Das Wesen drückte die Zange zusammen, sodass ein knackendes Geräusch entstand. »Es tut auch nicht weh.«

Anna wandte sich mir zu. »Was machen wir jetzt?«

Ich trat von einem Bein auf das andere. »Was haben wir für eine Wahl?«, fragte ich zurück. Meine Frage war konkreter. Ich drehte mich um und betrachtete die anderen Wesen, die emsig ihrer Tätigkeit nachgingen. Sie würden uns vermutlich helfen, dachte ich, aber nur gegen Bezahlung.

Mir war klar, dass wir keine Optionen hatten. Der Abstieg in den Graben war unmöglich und ich konnte keine Stufen oder Leitern ausmachen, die uns den Weg überhaupt ermöglicht hätten.

Ein Sprung wäre tödlich und *falls* wir unten ankämen, kämen wir auf der anderen Seite nicht nach oben. Um Zeit zu sparen und Anna die Entscheidung leichter zu machen, entschied ich mich für den Vorstoß. Mir lief es kalt den Rücken herunter, als ich mich zu dem Wesen wandte und sagte: »Ich mach es.«

Anna riss mich herum. »Das ist Wahnsinn.«

Ich betrachtete sie. »Du hast es nicht verstanden«, sagte ich. »Wir haben keine Wahl.«

Ich wand mich aus ihrem Griff und ging auf das Wesen zu. Es sah mich begierig an. »Was muss ich machen?«

Das Wesen streckte mir die Zange entgegen. »Einfach den kleinen Finger in das Loch da vorne«, sagte es.

Ich spreizte den kleinen Finger ab. Mir wurde ein wenig schwindelig. Meine Beine zitterten und ich war froh, dass ich weiter aufrecht stehen konnte.

»Und ... und das tut sicher nicht weh?«

»Ne«, gluckste das Wesen. »Das Hautpulver wirkt sofort. Du kannst auch die Augen zumachen.«

Ich tat es. Auf das Wesen zu hören, war das Letzte, was ich tun wollte, aber ich machte es trotzdem. Nachdem ich die Augen geschlossen hatte, spürte ich Anna, die neben mich trat und meine rechte Hand umfasste.

»Alles gut«, sagte das Wesen. »Es ist alles gut. Vor langer, langer Zeit, da lebte ein König in einem fernen Land. Er war sehr reich und hatte eine bildschöne Tochter. Sie war jung und voller Liebe. Eines Tages rannte sie durch den Garten und las ein Buch. Sie war so glücklich und so in ihr Buch vertieft, dass sie nicht aufpasste wo sie hintrat. Sie stolperte und fiel in einen tiefen Brunnen. Und entweder fällt sie noch oder sie ist tot und fault.«

Ich riss die Augen auf. »Was redest du da?« Dann unterdrückte ich einen krampfhaften Schrei.

74.

Das Wesen saß in seinem Kasten und kaute. Die Zange war weg. Meine Hand war noch in der Luft, aber der kleine Finger fehlte. Es gab kein Blut. An der Stelle, wo einmal mein Finger gewesen war, befand sich jetzt eine kreisrunde Schicht, die wie funkelnder Glitzer aussah.

»Oh Gott.« Der Schock über den Verlust meines Fingers trieb mich in die Knie. Zum Glück war Anna da und fing mich auf. Mir wurde schlecht.

Das Wesen schluckte und bohrte sich mit einem Nagel zwischen den Zähnen herum.

»Das war gut«, meinte es. »Hat doch gar nicht wehgetan, oder?«

Ich sagte nichts. Das alles schien zu unwirklich zu sein. »Das Pulver fällt ab, sobald die Wunde geheilt ist«, sagte das Wesen. »Also keine Sorge.« Es lächelte. Sofern man das als Lächeln beschreiben konnte.

»Und was ist mit der Überfahrt?«, fragte Anna. Sie war außer sich.

Das Wesen nickte.

Es reckte sich ein wenig aus dem Kasten und rief: »Gorgallttzziigooaralagor! Garagilaora! Gaargar!«

Eines der Wesen bei den Päckchen replizierte im gleichen Tonfall. Das Wesen vor uns brüllte etwas und dann war von hinten ein Stöhnen zu hören.

»Er kommt«, sagte das Wesen freundlich.

Es dauerte nicht lange, dann kam ein Riboktom angetrottet und hielt zwei Luftballons in den Händen. Sie waren groß und ihre Schnüre waren stabil und rau. Die Kreatur reichte Anna einen roten und mir einen gelben Ballon. Dann verzog sie sich knurrend.

»Also, wollen wir?«, fragte das Riboktom, das meinen Finger gegessen hatte.

Anna sah mich an. »Geht es?« Ich nickte. Ich hatte ja keine Schmerzen und es ging mir so weit gut. Es war nur die Erkenntnis, die mich überfiel, dass ich niemals wieder einen kleinen Finger an der linken Hand haben würde.

Ich erhob mich, soweit meine Beine das zuließen.

»Stellt euch an den Rand«, sagte das Wesen.

Wir gehorchten.

Es war tief und steil. Ein Sturz würde den Tod bringen, aber zum Glück war ich schwindelfrei.

Bevor wir uns versahen, packte das Wesen jeweils eines unserer Beine und stieß sich von der Kante ab. Anna quiekte und ich glückste unverständlich, dann befanden wir uns in der Luft und segelten über den Graben hinweg.

Mit beiden Händen klammerte ich mich an den Ballon, der mich in der Luft hielt. Der Kasten schien das Wesen zu tragen und das Wesen hielt uns, damit wir nicht davonschwirrten. Langsam, in angenehmem Tempo segelten wir über die Maschinen und Apparaturen hinweg. Unter uns waren die Hektik, der Dampf und das Gurgeln und Knurren der laufenden Anlagen zu hören. Riboktome liefen herum, arbeiteten an den Geräten oder waren mit anderen Tätigkeiten beschäftigt. Neben uns schwirrten die anderen Ballons mit den Päckchen in verschiedene Richtungen davon.

Es war eine schöne Aussicht. Für diesen Moment vergaß ich meinen Finger, meine Sorgen und Ängste und fokussierte mich auf die Sicht, die sich mir bot. Trotz der verfahrenen Lage war ich berührt.

»Seht mal«, rief das Wesen und nickte nach links. »Das ist die linke Seite der Leber und da …« Es wandte sich nach rechts. »… ist die rechte Seite.« Es begann zu gackern. Anna verdrehte die Augen.

Das Wesen kicherte noch, als wir unser Ziel erreichten.

Wir ließen die Ballons los, da uns das Wesen das sagte, und musterten die neue Umgebung, die der ersten Plattform sehr ähnlich war. Auch hier waren Riboktome bei der Arbeit und verteilten Päckchen. In der hinteren Ecke befand sich wieder eine Fleischhülle. Offenbar mussten wir in diese Richtung weitergehen.

Wir wandten uns an das Wesen, das uns geführt hatte. Es war seltsam für mich, da dort die Kreatur saß, die mir meinen Finger genommen hatte, und gleichzeitig das Geschöpf, das uns die Überfahrt ermöglicht hatte.

»Danke für deine Mühe«, sagte Anna nicht zu kalt. Sie deutete auf die Fleischhülle. »Ist das der Weg zu den Rippen?«

Das Wesen dachte kurz nach. »Also für einen weiteren Finger … kleiner Scherz«, korrigierte es sich, als es unsere entsetzten Gesichter bemerkte. »Nein, macht euch keine Sorgen.« Es rekelte sich vergnügt.

»Ja, das ist der Weg. Einfach immer geradeaus.«

Anna schnaubte verächtlich, nickte und wir gingen los. Das Wesen stieß sich von der Kante ab und segelte zurück auf die andere Seite.

75.

Wir schwiegen, während wir über die Plattform hinüber zu der Fleischhülle schritten. Sie sah genauso aus wie die, über die wir die Leber betreten hatten. Wie eine heruntergekommene Bruchbude.

Wir betraten den unförmigen Bau und verließen die Leber. Auch diesen Teil hatten wir damit hinter uns gelassen.

Im Inneren des Fleischbaus blieb Anna stehen und lehnte sich an die nahe Wand. Sie schnaufte und hielt sich das verletzte Bein. Ich sah, dass der Verband durchgeblutet war.

»Soll ich ihn wechseln?«, fragte ich.

Sie winkte ab. »Nein, es ist gut. Wir sollten weiterziehen. Es ist nicht mehr weit.«

Sie kramte in ihrer Bluse herum und fischte das Poster heraus. Mit zittrigen Fingern schlug sie es auf. »Wir kommen jetzt zum Brustkorb«, sagte sie. »Hier sind zwei Dinge entscheidend.« Ich trat neben sie und lugte auf die Zeichnung. »Einmal die *Zwei*, der Grund, weshalb ich nicht alleine gesprungen bin, und diese Bemerkung am Rand: *Hausmeister*.« Sie sah mich an. »Ich weiß auch nicht, was das bedeuten soll.«

Das wusste ich auch nicht. »Lass es uns herausfinden, okay?«, meinte ich und sie nickte.

Wir gingen weiter. Der Weg verlief jetzt nach oben und eine aus Fleisch geformte Treppe führte uns im Kreis, bis wir zu einer Leiter kamen, die aus Knochen bestand und nach oben zu einem Loch führte. Anna ging als erste voran, sodass ich ihr im Fall eines

Schwächeanfalls helfen konnte.

Oben betraten wir einen Gang, der einem großen Rohr ähnelte. Er war durch kleine Handlampen erleuchtet, die von der Decke ragten.

Der Boden bestand aus rotem Kies und knirschte leise, wenn man sich über ihn bewegte. Die Wände waren weiß und aus Knochen, dadurch stabil. Es gab keine Öffnungen, keine Rillen oder Ungereimtheiten.

»I-ist das eine … eine …«

»Rippe?«, ergänzte Anna.

76.

Es war weniger die seltsame Umgebung, in die wir geraten waren, die mich misstrauisch stimmte, sondern die Stille, die sich über uns legte wie eine Decke.

Es war – abgesehen von unseren Schritten auf dem Kies – so still, dass man eine Stecknadel hätte fallen hören können. Nichts war zu sehen – nichts Lebendiges. Alles war ruhig, es existiert keine Schwingung.

Zu unserem Glück waren die Gänge und Pfade beschildert. Das war nicht nur gut, sondern hilfreich. Denn die Rippen bildeten die Gänge eines Labyrinths nach, die überall und nirgends hinführten. An jeden Gang schlossen sich drei weitere an, die genauso aussahen wie der Gang davor.

Hätte es die Schilder nicht gegeben, wir hätten uns verirrt und würden noch heute durch den Brustkorb streifen – oder wir wären tot, wie man es nimmt, denn es gab eine Schwierigkeit, mit der wir nicht gerecht hatten.

Wir bewegten uns durch einen Gang und eilten über den Kies, als wir ein seltsames Geräusch hörten. Es war seltsam, da es das erste Geräusch seit Langem war, das sich von unserem Kiesgetrappel unterschied. Es erinnerte an ein Wühlen, als würde man in einer Abfalltonne wüten.

Wir verlangsamten unsere Schritte und spähten um die Ecke – und tatsächlich, da war etwas.

Ein Teil des Knochens an der Wand war angehoben

wie die Klappe eines Kofferraums und entblößte einen düsteren Raum, in dem sich jemand befinden musste.

»Was ist das?«, flüsterte Anna.

»Ich weiß nicht«, antwortete ich, den Blick auf die Öffnung gerichtet.

Es knatterte. Wir regten uns nicht. Über uns strahlten die hellen Lampen.

Plötzlich verstummten die Geräusche. Ich konnte sehen, dass Anna mit einem Kiesel spielte, den sie zwischen den Fingern drehte. Sie war nervös, das konnte ich spüren. Ich war es auch und ich fürchtete mich vor dem, was sich in dieser Öffnung befinden mochte.

Ein Herzschlag verging, dann tauchte es auf. Sie werden mir nicht glauben, aber dieses Wesen war kein Mensch. Genau wie die anderen, denen wir begegneten. Es war abstoßend und es erinnerte mich an eine verfaulte Mumie.

Scheiße, mir läuft es jetzt noch kalt den Rücken herunter, wenn ich daran denke. Dieses Wesen kam aus der Öffnung geschossen, als hätte es vergessen, den Herd auszumachen.

Mitten auf dem Gang blieb es stehen und schien zu warten.

77.

Ich musste meinen Würgereiz unterdrücken. Anna piepste leise – zum Glück kaum verständlich.

Das Wesen war groß und besaß lange Gliedmaßen. Es war nackt. Die Haut war faltig, rau und übersät von runzeligen Kreisen, die wie Muttermale aussahen und den Körper bedeckten. Es besaß keine Geschlechtsmerkmale und dennoch schätzte ich diese Kreatur männlich ein. Daneben war es dünn und hager, aber der Kopf war das schlimmste. Es hatte keine Augen, sondern längliche Falten, die dicht aneinanderhingen und wie ein Vorhang aussahen. Dahinter herrschte Dunkelheit. Der Mund war zierlich und rot. Die Ohren blanke Löcher. Haare hatte es keine. Die Finger waren lang und spitz. Die Nägel scharf. Es lief etwas seitwärts und hielt die Beine überkreuzt, als hätte es einen Gehfehler.

Dann blieb es stehen, starrte die vordere Wand an. Niemand sagte etwas. Das Wesen stand einfach nur da, stocksteif.

Eine Minute verging, dann noch eine. Mein Puls raste und mein Atem ging schnell. Ich wagte einen Blick auf meine Armbanduhr, die die Reise bisher unbeschadet überstanden hatte. Ich entschied im Stillen, ab diesem Moment jede meiner zukünftigen Uhren von dieser Marke zu kaufen, vorausgesetzt, ich schaffte es sicher aus dem Clown heraus.

Dann verging die zweite Minute. Ich blickte nach vorn. Anna war unter mir. Sie war wie zu Stein erstarrt. Das Wesen rührte sich schließlich. Es begann an den Beinen und erreichte die Arme, streifte die Brust hoch und rüttelte den Kopf. Es öffnete den Mund, entblößte rote Zähne und begann zu wiehern wie ein Pferd. Die Arme schwangen zur Seite, es packte die Klappe und schlug sie zu. Dann setzte sich das Wesen in Bewegung. Dabei wackelte es mit den Armen wie ein Krake. Gleichzeitig kläffte es: »Der dritte Gang links, an der vorderen Ecke, wenn man zwanzig Schritte rückwärtsgeht, ist ordentlich. Ist ordentlich. Ist ordentlich.« Das sagte es mit einer Stimme, die Übelkeit bewirkte. Es ging ein paar Schritte in unsere Richtung und bog dann nach links in den nächsten Gang ein.

Ich konnte hören, als es sich entfernte. Es schlurfte über den Kies und grölte immer wieder denselben Satz.

Erst als Anna und ich überzeugt waren, dass wir uns erheben konnten, taten wir es.

Uns saß der Schrecken in den Gliedern.

Mir war kalt, wenngleich es nicht kühl war.

Anna lehnte sich an die Kante der Abzweigung und sah dem Ungeheuer nach. Es war langsam. Ich stellte mich neben Anna. Sie sah mich an. »Das war der Hausmeister«, sagte sie und in ihrer Stimme schwang Unheil mit. »Das ist also die Bedeutung.« Sie senkte den Blick.

»Hoffen wir mal, dass er uns nicht erwischt«, sagte ich. Es war das Beste, das ich sagen konnte. Anna nickte. Sie deutete auf den Gang, der vor uns lag. Wie die Gänge zuvor unterschied er sich kaum von den anderen. An der Seite hing ein Schild aus Stahl, drauf stand das Wort *Rücken,* daneben war ein Pfeil gemalt.

Wir gingen weiter. Mit schnellen Schritten passierten wir die Gegend. Bogen ab, folgten dem Weg und manövrierten geradeaus. Wir waren schnell, aber auch umsichtig. Es verging kein Moment, in dem ich mich nicht umdrehte, um zu prüfen ob uns jemand verfolgte. Zudem analysierte ich die Geräusche. Etwaige Laute, ein seltsames Schlurfen. Ein verräterisches Dröhnen, das den Hausmeister angekündigt hätte. Wir durften uns keine Fehler erlauben und das Letzte, was ich wollte, war, dem Hausmeister in die Hände zu fallen.

78.

Das Labyrinth war lang. Ein Gang führte in den nächsten und Yoki hatte zu allem Überdruss vergessen, die Schilder mit Entfernungen zu versehen, sodass wir hätten abschätzen können, wie lang er noch war.

An einer Abzweigung verharrten wir und spähten über den Rand. Es war nichts zu hören und nichts zu sehen. Das nächste Schild führte uns nach rechts, dann ging es eine Weile geradeaus und wieder nach links. Wir folgten dem Gang, bogen ab und kamen schließlich an.

Vor uns enthüllte sich ein großer Raum, dessen Wände nicht aus Knochen, sondern aus Stein bestanden. Mich verwunderte das, befanden wir uns doch im Magen eines Clowns.

Der Boden war ebenfalls aus Stein. Lediglich vier Lampen hingen verteilt an den Wänden. Aus Metallbögen am Boden, die mit Gittern versehen waren, stiegen Dampfwolken auf. Gegenüber befand sich eine Tür. Rechts und links, an den Seiten, befand sich jeweils ein Haufen, der aus Rädern, Schlaufen, Rohren, Stangen, Wänden und Gittern bestand. Etwas erhöht, an den Rändern der Haufen, befand sich jeweils ein großes Rad. Anna und ich musterten die neue Umgebung. Es roch nach Metall. Feuchtigkeit hing in der Luft.

Anna kramte in ihrer Bluse und holte den Plan hervor. Sie schlug ihn auf und betrachtete ihn prüfend. Mit einem Finger tippte sie auf die entsprechende Stelle. »Das ist der Übergangsraum«, sagte sie. »Er führt direkt zum Rückenmark.« Sie sah nach vorne zu der Stahltür, die verschlossen war.

»Steht da noch mehr?«, fragte ich mit Blick auf die seltsamen Apparaturen. Sie schüttelte den Kopf und packte das Poster weg.

»Unser Weg führt nach vorne.« Als sie einen Schritt machen wollte, zog sie scharf die Luft ein und stütze sich auf ihr gesundes Bein. Ich wollte helfen und berührte sie am Arm. Sie schüttelte mich ab. »Es zieht nur ein bisschen«, meinte sie und atmete selbstbewusst ein.

Ich sah an ihrem Bein hinab und fixierte den Verband. Er war blutig. Beinahe so blutig, dass sich Blutstropfen aus dem ehemals grauen Stoff lösten.

»Wir müssen den Verband dringend wechseln«, mahnte ich an, aber Anna winkte ab.

»Später.« Sie wischte sich über das Gesicht. »Zuerst müssen wir aus diesem Raum raus.«

Sie schüttelte den Kopf, als wolle sie ihre Schmerzen auf diese Weise abwerfen, und navigierte auf die Tür zu. Ich folgte ihr mit etwas Abstand. Trotz des Blutverlustes konnte Anna noch gehen und machte nicht den Eindruck, als würde sie jeden Moment zusammenklappen wie ein Stuhl.

79.

Die Tür war aus solidem Metall. Man konnte die Stahlschrauben sehen, die sie zusammenhielten. Sie verfügte über keinen Griff oder Hebel.

Anna fasste die Tür am Rand, lehnte sich zurück und zog mit aller Kraft. Dabei keuchte sie und verzog das Gesicht, aber die Tür ging nicht auf.

»Verdammt.« Anna versuchte es erneut. Sie stemmte ihr gesundes Bein gegen die Wand und zog. Ein Scheppern war zu hören, dann ließ Annas Energie nach und sie sank in sich zusammen.

Ich prüfte die Decke. Mit den Augen glitt ich über die Wände und taxierte die Rohre und Stahlträger, die über unseren Köpfen zusammenliefen. Ein Rohr führte von der Tür über die Wand hinüber zum rechten Haufen, der wiederum mit dem linken verbunden war. Anna wollte es erneut versuchen, aber ich hatte eine bessere Idee. Irgendwo hinter uns zischte es, als eine Dampfwolke austrat.

Ich tippte Anna auf die Schulter. Sie wandte sich mir zu. »Du willst nicht zufällig helfen?«, fragte sie. Schweißperlen bedeckten ihre Wangen.

Ich deutete auf das Rohr. »Tue ich gerade.« Sie folgte meinem Blick und musterte das Rohr, das seitlich mit der Tür verbunden war. »Du meinst, sie lässt sich anders öffnen?« Anna zog eine Augenbraue hoch.

Ich nickte. »Wahrscheinlich. Lass uns die Haufen näher betrachten.« Und das taten wir. Anna übernahm den linken Haufen und ich den rechten. Wir gingen einmal um sie herum und überprüften die

Metallberge auf Besonderheiten, die uns weiterhelfen könnten.

Anna wurde als Erste fündig. Sie rief nach mir und ich kam angelaufen. Mit zittrigen Fingern deutete sie auf einen Einstieg, der in den Haufen hineinführte und erst bei genauerem Hinsehen einen Durchgang bildete. Ich betrachtete das Loch und wir vereinbarten, dass ich auf meiner Seite ebenfalls nach einem Zugang suchen sollte.

Ich ging zurück und begann, Ausschau zu halten. Lange dauerte es nicht, dann wurde ich fündig.

Es ist leichter, etwas zu finden, wenn man weiß, wonach man sucht.

Ich beugte mich zu dem Loch hinab, indem ich auf die Knie sank, und bewegte mich vorsichtig hinein. Um mich war es dunkel. Die rechte Hand hielt ich ausgestreckt, um sicherzugehen, mit nichts Spitzem zu kollidieren. Der Weg führte nach oben, wobei ich mir vorkam, als würde ich eine Rutsche erklimmen. Als ich wieder sehen konnte, umgab mich ein Gitter, das einen Ausblick über den Raum ermöglichte. Ich konnte mich nicht aufrichten. Der Boden des Steinraumes lag nunmehr mehrere Meter unter mir. Mehr gebeugt als stehend manövrierte ich voran und passierte einen Durchgang, der zu dem Rad führte. Ich bemerkte den kleinen Abstieg nicht, sodass ich impulsiv die Arme hob und mit dem rechten Bein heftig auf Holz klatschte. Der dumpfe Laut füllte meine Ohren. Ich biss die Zähne zusammen und unterdrückte den Schmerz, der aufkam, als ich aufschlug.

Das Rad ähnelte einem Hamsterrad. Es war so groß, dass ich aufrecht stehen konnte, und die innere Einlage bestand aus Holz. Durch ein Gitternetz, das das Rad umgab, konnte ich nach draußen sehen. Ich hatte die Tür im Blick, jedoch Anna nicht, die sich vermutlich auf der anderen Seite befand. Ich rief nach ihr.

»Hallo?«, kam es als Antwort. »Larry, ich kann dich hören.« Sie schrie, damit ich sie verstehen konnte. Auch ich musste meine Stimme heben. »Bist du auch in einem Rad?«

»Ja! Ich kann es drehen.«

»Ich auch.«

»Vielleicht sollten wir sie gleichzeitig drehen?«

»Gute Idee. Auf drei.«

»Eins … zwei … drei!«

Ich begann mich zu bewegen und brachte das Holz ins Rollen. Zuerst passierte nichts. Ich machte weiter. Dann flutete ein Dröhnen den Raum. Ich beschleunigte meine Schritte ein wenig. Das Geräusch wurde lauter. Ich musterte die Tür und kniff die Augen zu Schlitzen zusammen. Und tatsächlich. Dort war ein Spalt. Mein Herz machte einen Satz. Die Tür ging auf. Offenbar verursachte das Drehen der Räder auf beiden Seiten, dass sich der Mechanismus in Gang setzte und die Tür öffnete.

Ich legte einen Zahn zu, Anna offensichtlich auch, denn die Tür glitt etwas schneller auf und der Spalt wurde größer. Dahinter war Licht zu sehen. Es war grell. Ich war so glücklich, dass ich nicht gleich bemerkte, wie etwas auf die Tür zulief. Es hinkte und hatte die langen Arme über den Kopf geworfen, als würde es zetern.

80.

Der durchdringende Schrei erreichte meine Ohren mit Verzögerung. Ich hielt inne und starrte hinunter. Dort war der Hausmeister. Er hechtete zu der Tür. Dabei fluchte er und wäre beinahe über seine Füße gestolpert. Er rief: »Tür ist auf. Tür muss zu sein. Tür ist auf. Tür muss zu sein.« Ich war paralysiert. Die Arme dicht an den Körper gedrückt, sah ich, wie die Kreatur die Tür erreichte und sich dagegen warf. Es krachte, als der zierliche Körper des Hausmeisters gegen das solide Metall prallte.

Er versucht die Tür zuzudrücken, dachte ich und reagierte instinktiv. Ich schrie nach Anna. »Weitermachen!«, brüllte ich. Anna schien das gehört zu haben, denn die Tür ging weiter auf, als ich mich in Bewegung setzte. Das Wesen schrie.

»Tür ist auf. Tür muss zu sein. Tür ist auf. Tür muss zu sein.« So heftig, wie er sich gegen die Tür warf, tat er mir fast leid. Der Hausmeister schien sich das auch zu denken. Denn er ließ von der Tür ab und machte einen Satz zur seitlichen Wand hin. Dort ballte er die Hände zu Fäusten und sprang in die Luft. Immer wieder und wieder, als stünde er auf einer Hüpfburg. Ich betrachtete ihn verständnislos. Ich dachte bereits, er sei wahnsinnig geworden, als mir auffiel, wie sich der Stein an einer Stelle direkt zu seinen Füßen hob und einen Hebel entblößte, der aus dem Boden glitt. Als er weit genug hervorschaute, griff der Hausmeister hinunter und drückte ihn zur Seite. Die Tür verharrte mit einem schlagartigen Laut. Die

Räder stockten mit solcher Wucht, dass ich nach vorne geschleudert wurde und auf dem Bauch landete. Ungestüm wurde mir die Luft aus der Lunge gepresst. Ich ächzte. Aus den Augenwinkeln sah ich die Tür, die festgefahren war. Ein Spalt hatte sich geöffnet, aber er war nicht besonders breit. Ich konnte nicht abschätzen, ob es für Anna und mich reichen würde.

Schwankend stützte ich mich auf die Hände und sah zum Hausmeister, der sich uns zugewandt hatte. Er hatte die Zähne aufeinandergepresst und knurrte.

»Fremde im Übergangsraum. Fremde im Übergangsraum.« Mit seinen langen Beinen stieß er sich vom Boden ab und wankte in Richtung des linken Haufens. Ich verlor keine Zeit. Mit einem Schlag war ich auf den Beinen und versuchte mein Gleichgewicht zu finden. Mir war nicht ganz klar, was ich zu tun hatte – ob ich verhindern musste, dass der Hausmeister Anna erreichte, oder ob ich den Hebel betätigen musste, um die Tür weiter zu öffnen – zumindest musste ich den Metallhaufen verlassen, das war mir bewusst.

Ich kletterte die Rutsche hinunter und ließ den Metallberg hinter mir. Den Steinboden unter mir zu spüren, verursachte mir Unbehagen. Ich bog um die Ecke und blieb angewurzelt stehen. Der Hausmeister verharrte ebenfalls. Gerade hatte er in das Loch des linken Hügels klettern wollen. Für einen Moment rührte sich keiner. Ich wusste nicht, ob mich das Wesen sehen konnte, da es keine Augen besaß.

Dann öffnete der Hausmeister plötzlich den Mund und raunte: »Fremde im Übergangsraum.« Er sagte es so leise, als wäre er schockiert. Mehr hielt ich nicht aus. Ich krächzte etwas Unverständliches und warf mich nach vorne. Mit schnellen Schritten eilte ich zur Tür und ergriff den Hebel. Ich drückte ihn in die aufrechte Position und stemmte mich dagegen, sodass er langsam zurück in den Boden sank.

Hastig wandte ich den Kopf, um zu sehen, wo der Hausmeister war, als er mich von hinten packte und herumdrehte. Mein Atem stockte und meine Augen weiteten sich. Der Hausmeister war viel größer als ich. Die dünnen Glieder zitterten. Der Mund öffnete und schloss sich. Er hatte einen festen Griff.

»Fremde im Übergangsraum«, sagte er. Dann segelte eine Hand auf mich zu. In der Luft blitzte sie wie ein Messer. Ich hörte einen Schrei, der nicht von mir kam, sondern von weiter oben, wo Anna sein musste.

81.

Ich fuhr zur Seite, um der Hand auszuweichen. Sie verfehlte mich knapp. Mit einem Arm versuchte ich die Hand des Hausmeisters wegzuschlagen. Ich merkte, wie zäh seine Haut war. Wie Leder, nur strammer.

Der Hausmeister gab ein Geräusch von sich, das wohl ein Lachen sein sollte. Er packte mich am Kragen und ich spürte die Hand direkt unter meinem Kinn. Mir ging die Kraft aus. Ich wusste nicht, was ich tun sollte. Vermutlich wäre ich in Ohnmacht gefallen, da der Hausmeister begonnen hatte zuzudrücken, wenn …

»Lass ihn los, du Scheusal!« Anna hob ein Metallblech, das sie irgendwo aufgesammelt hatte, und donnerte es dem Wesen auf den Rücken.

Es musste wehgetan haben, sogar ziemlich, denn der Hausmeister ließ mich los und krächzte, während er zu Boden sank. Ich stand perplex da und blinzelte. Anna sah mich an. Sie sah wütend aus, schwang das Brett erneut und ließ es ein weiteres Mal mit Wucht auf den Hausmeister niederfahren. »Scheusal!«, brüllte sie. Mit einem Kopfnicken deutete sie auf die Tür. »Passen wir durch?«

Ich prüfte es. »Nein!« Ich konnte gerade einen Arm bis zu meiner Schulter hindurchschieben.

»Mist!«, fluchte Anna. »Dann müssen wir die Tür weiter öffnen. Los!«

Sie machte auf dem Absatz kehrt und rannte zurück zu ihrem Loch. Ich tat das gleiche. Der Hausmeister blieb liegen. Ich wusste nicht, ob er tot war, und das war mir auch egal. Ich eilte zu meinem Haufen, kletterte nach oben und begann das Rad zu drehen. Anna rief mir etwas zu und wir wurden schneller. Mit jeder Umdrehung, die wir schafften, betätigten wir den Mechanismus, der die Tür weiter öffnete.

Das war also die Bedeutung der *Zwei*, dachte ich. Deshalb hatte Yoki diese Zahl im Zusammenhang mit diesem Raum notiert.

Es brauchte zwei Personen, um die Tür zu öffnen.

82.

Die Tür fuhr zurück und der Spalt wurde größer. Ich spürte die Anstrengung in meinen Beinen. Es war nicht leicht, so schnell zu laufen, und ich war schwach. Dennoch riss ich mich zusammen und machte weiter. Meine Hoffnung, dass der Hausmeister tot wäre, erfüllte sich aber nicht. Aus den Augenwinkeln konnte ich sehen, wie er sich erhob. Er schüttelte die Glieder aus und blickte hinter sich. Dann entschied er, dass das Umlegen des Hebels keinen Sinn mehr hatte.

Er tat etwas anderes.

Mit großen Schritten verschwand er aus meinem Blickfeld. Ich beendete mein Drehen und eilte an das Gitter. Scheiße, dachte ich. Wo war er hin?

Ich beschloss, das Rad abermals zu verlassen. Die Tür war ohnehin offen. Flink schälte ich mich durch den Stahlkomplex und kam auf dem Steinboden auf. Ich eilte um den Berg herum und sah voller Entsetzen, wie ein Fuß des Hausmeisters in dem Loch verschwand, das zu Annas Rad führte.

»Anna!«, schrie ich. »E-er kommt zu dir hoch!« Ich nahm meinen Mut zusammen und stürzte zu dem Loch. Instinktiv zog ich den Kopf ein und kroch dem Wesen hinterher. Ich hatte solche Angst, dass es mich fast zerriss. Meine Nackenhaare waren wie Speere aufgerichtet.

Es war dunkel, aber ich konnte den Hausmeister vor mir sehen. Er verharrte und blickte zurück. Da er größer war, musste er den Kopf seltsam verbiegen, um sich umzudrehen. Der Hausmeister winkelte ein Bein an und rammte es mir ins Gesicht. Mein Kopf wurde hochgeworfen und knallte gegen die Metalldecke. Für einen Moment sah ich Sterne. Ich drückte mich nach hinten und um meine Nase herum wurde es feucht.

Fluchend betastete ich meine Nase. Sie brannte und das Blut tropfte auf meine Kleidung. Dennoch vergaß ich Anna nicht. Ich fuhr herum und blickte an dem Haufen hinauf.

Ich rief: »Anna.« Und sie antwortete.

Ich hatte höchstens Augenblicke. Zielstrebig ergriff ich ein Gitternetz, das mit einer Metallwand verschraubt war, und hievte mich in die Höhe. Das scharfe Metall stach in meine Haut, aber ich ignorierte den Schmerz. Behände navigierte ich durch den Schrott und in Richtung des Rades. Meine Beine verhedderten sich in Drähten und Stahlstangen, aber das war mir egal, denn ich hatte nur einen Gedanken und der war, Anna zu helfen.

Das Rad befand sich an der hinteren Kante. Ich stieg über zwei Metallwände und betrat ein weiteres Gitter, das stark genug war, mich zu halten. Durch das Gitter um das Rad konnte ich Anna sehen. Sie starrte entgeistert auf den Durchgang.

Der Hausmeister musste nahe sein.

Ich rief ihren Namen, aber sie reagierte erst beim zweiten Mal.

Schnell eilte sie an das Gitter und drückte ihre Hände durch die Quadrate hindurch.

Ich ergriff ihre Hand. »Warte«, rief ich. Ich packte das Gitter am unteren Rand und zog. Zuerst passierte nichts, dann bewegte es sich ein Stück. Ein knisterndes Geräusch, dann verließ mich die Kraft und ich ließ das Gitter fallen.

»Noch mal!«, rief Anna verzweifelt und sah zurück. »Er kommt!«

Sie sah mich an. Panik lag in ihren Augen. Ich packte das Gitter erneut. Anna drückte von der anderen Seite. Ein Stöhnen entfuhr meiner Kehle. Mein Kopf musste so rot sein wie eine Tomate. Ich merkte, wie meine Arme bebten, aber ich wollte nicht aufgeben. Das Gitter hob sich – langsam, aber es hob sich. Aus dem Hintergrund war ein Brummen zu hören. Dann Worte. Der Hausmeister.

Er rief: »Fremde im Übergangsraum!«

83.

Das spornte mich an. Ich schloss die Augen und zog. Das Gitter knarrte. Anna ließ los und beugte sich hinunter, ihr Plan war es, unter dem Spalt hindurchzukriechen.

Als ich die Augen öffnete, landete eine Hand mit langen Fingern am Durchgang zum Rad. Am liebsten hätte ich meine Qualen beendet und losgelassen, aber damit hätte ich Anna einem tödlichen Schicksal ausgeliefert.

Ich biss die Zähne zusammen, sammelte meine Energie und zog ein letztes Mal mit voller Kraft. Das Gitter spannte sich hoch. Der Hausmeister bückte sich und betrat das Rad. Er sah Anna auf den Knien. Mit beiden Händen fasste er nach ihr und knurrte dabei. Die langen Finger griffen nach Annas Haaren, aber Anna war schneller. Sie kletterte aus dem Rad und ich ließ das Gitter fallen. Die Griffe des Wesens fuhren ins Leere. »Fremde!«, brüllte es. Ich musterte meine Hände. Sie waren rot und bluteten. Anna fasste mich am Arm und zog mich hinter sich her. Die dünnen Arme des Wesens griffen durch ein Quadrat und versuchten uns zu packen. »Fremde!«, brüllte es wieder.

Ich folgte Anna den Haufen hinunter. Wir hielten nicht an, sondern steuerten direkt auf die Tür zu, die geöffnet war. Diesmal ausreichend, sodass wir hindurchpassten. Anna ging zuerst und ich folgte ihr. Wir ließen den steinernen Raum hinter uns und betraten einen langen und breiten Steg.

Er führte geradeaus zu einem Objekt, das wie ein Heißluftballon aussah.

Anna strauchelte und stürzte auf den Grund. Ich bückte mich neben sie. »Alles in Ordnung?«, fragte ich.

Sie schüttelte den Kopf. Ihr Gesicht war weiß. Mit einem Finger deutete sie auf ihr Bein. Der Verband war mit Blut getränkt. Mist, dachte ich. Ich musste etwas tun. Ich holte die restlichen T-Shirt-Fetzen hervor, die ich in meiner Hose verwahrt hatte, und wechselte den Verband. Die Wunde sah nicht gut aus. Der Schnitt war tief und die Haut bläulich angelaufen. Neben dem Blut tropfte eine weiße Flüssigkeit aus der Verletzung und ich schätzte, dass sie sich entzündet hatte. So schnell ich konnte, wechselte ich den Verband.

Anna stöhnte, als ich die Fetzen festzog.

»So«, raunte ich, als ich fertig war. »Hab es.«

84.

Ich sah sie an. Sie hatte die Augen leicht geschlossen. Ihre Lippen waren trocken und spröde. Sie hatte kaum die Kraft zu sprechen. Der Kampf gegen den Hausmeister hatte ihre Energie verbraucht.

»Komm. Ich stütze dich.« Ich half ihr hoch. Sie hakte sich bei mir unter. Langsam schritten wir voran.

»Wo sind wir, Anna?«, fragte ich sie. Ich wollte sie von den Schmerzen und einer drohenden Ohnmacht ablenken. »Weißt du das?«

Sie sah sich um. »Am Rücken, denke ich.« Ihre Stimme war schwächer geworden und hatte an Nachdruck verloren. »Das muss die Wirbelsäule sein.«

Ich blickte hinter mich und dann nach oben. Über mir thronte ein gewaltiges Knochengerüst mit Ecken und Kanten, Mulden und gewundenen Formen. Es war tatsächlich eine Wirbelsäule, nur größer als alles, was ich jemals gesehen hatte: Jeder Wirbel hatte die Dimension eines halben Hauses. Umgeben war sie von einem blauen Licht ohne Quelle.

Wir nährten uns dem Ballon. Bald wurden die Konturen klarer. Es handelte sich tatsächlich um einen Heißluftballon, der über Seile an einen Korb gebunden war. Dieser Korb war betretbar.

»Dort müssen wir hin«, sagte Anna und deutete auf den Korb. Ich half ihr aufrecht zu bleiben.

Wir passierten den Steg und erreichten den Korb. Er war groß genug für uns beide und besaß Wände, die mir bis zum Bauch reichten.

Zu meiner Überraschung waren wir nicht allein. In dem Korb war bereits jemand, der uns neugierig musterte, als ich Anna hineinhalf und sie gegen die Wand lehnte.

85.

Auch dieses Wesen war nicht menschlich, aber auch nicht gefährlich. Im Vergleich zu den Riboktomen und dem Hausmeister war dieses Geschöpf klein. So klein, dass es auf einem hohen Stuhl sitzen musste, um den Hebel zu erreichen, mit dem es den Ballon kontrollierte.

Ich legte Anna auf den Boden und wandte mich an das Wesen. Es taxierte mich mit großen Augen. »Hoch oder runter?«, fragte es. Die Stimme war direkt, nicht piepsig. Mich erinnerte diese Kreatur an ein Lebkuchenmännchen. So sah sie zumindest aus.

Sie war in einen vornehmen schwarzen Anzug gehüllt. Auf dem Kopf trug sie einen Zylinder. Die Lippen waren rötlich und ragten aus dem Antlitz hervor. Die Augenkreise waren blau.

Ob es sich um Zuckerglasur handelte, konnte ich nicht sagen, aber es sah so aus.

Das Wesen blinzelte, denn die Augenkreise bewegten sich in kurzen Abständen.

»Wer bist du?«, fragte ich, ohne auf die Frage einzugehen. Das Lebkuchenmännchen faszinierte mich. In dieser durchleuchteten Gegend, dominiert von der abnormen Wirbelsäule, erschien es mir noch extravaganter als alles, was ich bisher gesehen hatte. Dass es den Ballon steuern sollte, machte mich stutzig.

»Das ist zwar nicht die Antwort auf meine Frage, aber ich will mal nicht so sein«, sagte das Lebkuchenmännchen. Es neigte den Kopf und machte eine ausladende Geste mit einer Hand. »Mein Name ist Pirchug. Ich bin der Ballonfahrer.«

»Aha«, war die Reaktion, die ich zustande brachte. »B-bist du aus Lebkuchen?«

Pirchug legte den Kopf schräg und kniff ein Auge zusammen. »Ja. Und? Ein Problem? Du darfst auch gerne klettern.« Er deutete auf die Wirbelsäule.

Ich blinzelte. »Nein … nein, natürlich nicht. Wir möchten nur hier weg, das ist alles.«

Pirchug nickte. »Also … wo soll es hingehen? Hoch oder runter?«

Ich sah nach oben und erinnerte mich an den Plan, den mir Anna vorgestellt hatte, als wir uns im Magen befunden hatten.

»Nach oben.«

Das Männchen setzte sich an den Rand des Stuhls und faltete die unförmigen Hände auf dem Schoss. So wie es dasaß, wirkte es zerbrechlich.

»Ganz oben oder irgendwo aussteigen?« Pirchug schien die Frage ernst zu meinen.

Ich zuckte die Achseln in der Art, als würde ich diese Frage als sinnlos abtun, und wollte antworten, als ich etwas aus den Augenwinkeln sah. Zuerst nur eine Silhouette, dann wurde es schlagartig klarer. Meine Kinnlade klappte herunter und ich musste würgen. Auf dem Steg, wankend, mit ausgestreckten Armen, kam der Hausmeister auf uns zu. Er hatte den Metallberg verlassen und war uns gefolgt.

»Ganz hoch«, sagte ich schnell, und als Pirchug nicht reagierte: »Los!«

86.

Das Männchen zuckte zusammen, seufzte und glitt auf die Füße. »Na gut.« Es ging zum Hebel und umschlang ihn wie ein Hund einen Spielball. Gerade wollte Pirchug ihn betätigen, als ihm der Hausmeister auffiel, der über den Steg gelaufen kam.

»Oh, noch ein Reisender«, sagte er und hielt inne.

»Was tust du?«, rief ich entsetzt.

Pirchug räusperte sich. »Entschuldige, aber er möchte vielleicht mitfahren.«

»Nein, möchte er nicht.« Ich griff vor und streckte meine Finger nach dem Hebel aus.

Pirchug reagierte so plötzlich, dass ich nicht bremsen konnte. Er fasste in seine Hosentasche und zog etwas Spitzes heraus, das er über seinen Kopf schwang und in meinen Daumen bohrte. Der Schmerz war intensiv genug, dass ich meine Hand zurückzog.

»Aua.« An der Spitze meines Daumens schillerte ein kleiner Blutpunkt. Pirchug wedelte mit der Nadel herum. »Wage es nicht, den Hebel anzufassen. Nur ich darf das!«

»Okay!«, sagte ich. Der Hausmeister war nur noch wenige Meter entfernt. Sein Stöhnen war zu hören.

»Aber er möchte nicht mitfahren, er … er will den Ballon kaputtmachen.« Auf die Schnelle fiel mir nichts Besseres ein.

»Den Ballon kaputtmachen?« Pirchug ließ die Nadel sinken. »Warum?«

»Weil er böse ist!«, drängte ich.

»Bist du sicher? Vielleicht sollten wir ihn fragen und

…«

»Pirchug!«, brüllte ich. Das Männchen verharrte. Meine Geduld war am Ende. »Wenn du nicht sofort den Ballon aufsteigen lässt, werde ich dich essen. Mitsamt der Nadel!« Ich sah ihn so durchdringend an, dass meine Augen wohl aus den Höhlen treten mussten. Meine Sinne loderten. Pirchug hielt meinem Blick zuerst stand, gab dann aber nach. Ohne etwas zu sagen, betätigte er den Hebel und drehte ihn zur Seite. Der Ballon zischte, als er sich mit Luft füllte und an Auftrieb gewann. Was langsam begann, beschleunigte sich.

Ich zählte die Sekunden und betete.

87.

Der Korb stieg auf und überflog den Steg schließlich. Erleichtert atmete ich aus und blickte über den Rand. Kurz darauf erreichte der Hausmeister die Stelle. Er stierte zu uns hinauf und wedelte wutentbrannt mit den Armen.

Dabei rief er etwas, aber ich konnte es nicht verstehen. Pirchug sah ebenfalls hinunter und seufzte.

»Vielleicht wollte er ja doch mitfahren.« Ich ignorierte ihn und widmete mich Anna, die auf dem Korbgrund lag, den Rücken an die Wand gelehnt und die Augen geschlossen hatte. Solange Pirchug nicht den Kurs änderte, dachte ich, würde ich ihn ignorieren können.

Ich beugte mich zu Anna und berührte ihre Stirn. Sie war nicht warm, sondern kühl. Ihre Haut war weiß, aber sie lebte noch.

»Ist sie krank?«, fragte Pirchug.

»Ja!«, brummte ich.

»Oh, das ist schlimm. Vor einer Woche war ich auch mal krank. Ich hatte ganz schlimmen Streuseldurchfall.«

Ich zog die Stirn kraus, ging aber nicht darauf ein. Der Ballon war stabil und hin und wieder war das Zischen der Luft zu hören, die ihn antrieb. Vor uns befand sich die übergroße Wirbelsäule. Ich hatte schon eine Wirbelsäule gesehen, so ein Ding aus Plastik, das sich Ärzte in ihre Büros stellen oder Apotheken auf irgendwelchen Schränken verwahren. Diese Säule sah genauso aus, nur war sie überdimensional riesig.

Wir fuhren, bis der Horizont des blauen

Lichtgemisches aufbrach und die Sicht auf ein gelbes Glühen ermöglichte, das näher kam. Ich stellte mich an den Rand und sah hinauf.

»Was ist das?«, fragte ich.

»Das ist der Kopf«, antwortete Pirchug. »Da geht es zum Hirn.« Er betonte das Wort *Hirn*, als wäre es etwas Besonderes. Vermutlich war es das auch, denn immerhin waren wir auf dem Weg nach draußen und diesem Ziel näher als zuvor. Ich fasste mir an die Nase und war froh, dass das Blutrinnsal versiegt war. Seitdem fühlte sie sich verstopft an, als hätte ich sie mit Watte ausgefüllt. Ich weckte Anna und sagte ihr, dass wir fast da wären.

Sie öffnete die Augen und sah sich um. Die Größe der Wirbelsäule faszinierte sie und sie ließ sich von mir aufhelfen, Humpelnd trat sie an den Rand und verkrampfte die Finger in das Korbgeflecht. Je näher wir dem Licht kamen, desto langsamer wurde der Ballon. Pirchug übernahm die Kontrolle und sorgte mit dem Hebel dafür, dass wir ohne Schwierigkeiten an einer knochigen Plattform andockten, die direkt an einen Durchgang anschloss, aus dem Licht strahlte.

Wir verließen den Korb. Anna zuerst, ich folgte. Pirchug winkte uns nach und ich erwiderte den Gruß. Wir wechselten kein Wort, und als ich mich umdrehte, verschwand die Kuppel des Ballons gerade wieder am Rand der Plattform.

Ich stützte Anna. Sie war schwach und entkräftet. Ich bewunderte sie für ihr Durchhaltevermögen. Während wir dem Durchgang folgten, sagte ich ihr, wie außergewöhnlich sie sich die letzten Stunden geschlagen hatte und wie meisterhaft sie uns durch den Clown manövriert hatte.

Sie ertrug meine Lobbekundungen schweigend.

Auf der anderen Seite befand sich ein Raum, der rundlich geformt war und keine Kanten aufwies. Er bestand aus rotem Fleisch, das pulsierte. In der Mitte befand sich ein Podest aus Knochen, das aus der roten Fleischhülle hervorragte wie ein Pickel auf der Haut. Darauf, beinahe unscheinbar, ein sich drehender Kreisel.

Es war das einzige Objekt weit und breit. Er wurde weder langsamer noch schneller.

Anna und ich näherten uns der Stelle und blieben vor dem Kreisel stehen. Anna musterte ihn beeindruckt und löste sich aus meinem Griff. Ich zog meine Hände nur widerwillig zurück, da ich Sorge hatte, sie könnte fallen. Stattdessen ging sie in die Knie und betrachtete den rotierenden Gegenstand aus der Nähe.

Ich beugte mich neben sie.

»Weißt du, was das ist?«, fragte ich, den Blick auf den Kreisel geheftet.

»Ich denke … das ist Gangas Gehirn.«

»Sein was?«

»Sein Gehirn. Seine Denkbirne.«

»Dieses kleine Ding?« Ich war nicht überzeugt.

Sie nickte. »Es würde passen. Immerhin sind wir in seinem Kopf.«

»Aber … aber …« Ich streckte eine Hand nach dem Kreisel aus, aber Anna verpasste mir einen Schlag auf die Finger. »Nicht!«, fauchte sie. Ich nahm die Hand zurück. »Das darfst du nicht, vielleicht machen wir noch etwas kaputt oder Ganga dreht durch.«

Ich rieb mir die geschundene Hand. »Aber wenn du recht hast, hätten wir die Möglichkeit Kontrolle über Ganga auszuüben. Ihn zu manipulieren.«

»Und wie?« Sie sah mich vorwurfsvoll an. In Kombination mit der weißen Haut und den hängenden Wangen machte sie einen trübseligen Eindruck. »Denk doch an die anderen, ihnen könnte etwas passieren. Sie sind immer noch … unten.« Ihr Blick wurde eisig.

Ich berührte sie an der Schulter. »Mir tun sie auch leid.«

Anna erhob sich und schob meine Hand von sich. »Sie tun mir nicht leid, Larry«, sagte sie. »Sie haben ihre Wahl getroffen und müssen nun mit den Konsequenzen leben.« Sie wankte. Ich stand auf und hakte sie bei mir ein. Sie ließ es zu. »Wir sollten uns darum kümmern, hier rauskommen.«

Ich nickte. »Wohin?«, fragte ich.

Anna zögerte. »Das kommt darauf an, welches Ohr wir wählen. Das rechte oder das linke?« An beiden Enden gab es je einen kreisrunden Gang, der in eine schattige Passage mündete. Was dahinter lag, war nicht zu erkennen.

88.

»Links«, entschied ich und Anna hatte keine Einwände.

Wir verließen den Raum – das Hirn, wenn Sie so wollen, und betraten den linken Gang, der in die Dunkelheit führte. Schatten legten sich über uns und wir sahen nichts, bis es heller wurde und der Gang sich vergrößerte.

Am Ende des Ganges blieben wir stehen und sahen uns um. Vor uns lag ein Tunnel, der mit Scharten und Löchern an den Rändern versehen war. An wenigen Stellen wuchsen Härchen aus dem Boden, die wie Gräser oder Seetang aussahen. Sie trieben in der Luft, als wären sie unter Wasser, und vollführten sanfte Regungen. Daneben lagen gelbe Klumpen, die wie Steine aussahen, aber durchsichtig waren und an Bernstein erinnerten. Die Wände waren feucht und schmierig. Von der Decke tropfte die gelbe Masse herunter und landete in den Klumpen, die dann an Größe zunahmen. Anna zog das Poster aus der Bluse und schlug es auf.

»Oh je«, meinte sie, als sie es gelesen hatte. »Das ist ganz schön gefährlich.«

Ich warf ebenfalls einen Blick auf das Poster. Vor dem Ohr war ein Pfeil, unter dem stand:

Schmalz – ätzend.

Haare – bissig.

Wuhuuu – böse.

»Was ist ein Wuhuuu?«, fragte ich.

Anna zuckte die Achseln. »Ich weiß es nicht.« Sie

faltete das Poster zusammen und steckte es weg.

»Wollen wir weiter?«, fragte ich.

»Wir müssen.« Sie machte den ersten Schritt. Ich folgte, dicht an sie gepresst, damit sie nicht fiel. »Die Haare sind gefährlich, die Klumpen auch. Wir dürfen mit nichts in Berührung kommen.«

»Das ist wirklich eklig«, sagte ich.

Wir tasteten uns vorsichtig voran, wobei wir darauf achteten, mit nichts in Kontakt zu kommen. Das war nicht so einfach, denn ich musste in regelmäßigen Abständen an die Decke schauen, um zu prüfen, ob sich nicht ein Schleimklumpen löste und auf uns herabstürzte.

Anna ging es schlechter. Ich merkte, wie sich ihr Atem beschleunigte und wie sie die Augen immer wieder schloss, als würde sie fiebern. Einmal sah sie mich an. Ich versuchte zu lächeln, spürte aber, dass mir das nicht gelingen wollte. Mir fiel auf, dass es ungewöhnlich ruhig war. Genau wie in dem Labyrinth, in dem wir den Hausmeister das erste Mal gesehen hatten.

Der Weg führte eine Erhöhung hinauf. Ich verstärkte meinen Griff um Annas Hüfte und lehnte mich ein Stückchen vor, als uns der Aufstieg in die Knie zwang. Der Boden war nicht feucht oder rutschig, dennoch kamen wir nur schwer vorwärts, da ich Anna halten musste und sie in Ohnmacht zu fallen drohte. Dadurch trug ich praktisch zwei Leute: mich selbst und Anna.

Auf der anderen Seite führte der Weg hinunter.

Ich setzte den ersten Schritt auf die andere Seite. Mein Fuß tauchte wenige Zentimeter in die rosige Masse ein und hielt. Dann half ich Anna. Sie schien gar nicht zu realisieren, wo wir waren. Ihr Kopf schwankte. Ich versuchte sie zu navigieren und ihr zu sagen, wohin sie treten musste – zuerst funktionierte das, wir kamen voran, bis sie einen Schwächeanfall bekam.

»Nein!« Ich versuchte sie zu fassen, aber sie rutschte mir aus den Händen. Mit den Fingern erwischte ich den Rand ihrer Bluse, packte zu und riss sie ihr vom Körper. Bei allem, was wir durchgemacht hatten, hatte die Bluse ausgerechnet das nicht ausgehalten. Anna fiel.

Ihre Schultern krachten auf den Grund und sie purzelte den Abhang hinab. Erneut schrie ich, hob die Hände über den Kopf und rannte ihr nach. Mir wurde schlecht, als ich sah, wie Anna auf ein Bündel Haare zusteuerte.

»Nein!«, schrie ich, als würde das etwas ändern.

89.

Tat es auch nicht. Anna rollte über den Boden und wurde schlagartig langsamer, als der Abhang wieder eben wurde. Sie rollte einmal, dann noch mal, dann verharrte sie auf der Seite. Ihr rechter Arm hing kraftlos über ihrer Hüfte. Hinter ihr wanden sich die Haare in die Höhe. Sie schienen aktiver geworden zu sein, aber das konnte ich mir auch nur einbilden.

Ich biss die Zähne so fest aufeinander, dass es wehtat, und ließ mich vor Anna nieder. Panisch prüfte ich, ob sie mit den Haaren in Berührung gekommen war. Mit den Händen, den Füßen oder mit ihren eigenen Haaren – aber das war nicht der Fall.

Mit nichts als einem BH bekleidet, lag sie vor mir. Ihre Brust hob und senkte sich und sie hielt die Augen geschlossen. Das Poster konnte ich nicht mehr sehen.

Ich zog Anna zu mir und legte sie auf meinen Schoss. Sie seufzte, als hätte sie einen wüsten Traum hinter sich.

Mir lief der Schweiß von der Stirn. Um ein Haar hätte ich sie verloren. Die Gefahr hatte schon mehrfach bestanden, aber diesmal war es besonders knapp gewesen.

Ich beäugte die bösen Haare mit strengem Blick. Sie waren wie Äste, nur dass sie sich wiegten, als würde der Wind sie bewegen.

Plötzlich flutete ein Geräusch den Ohrenkanal. .

Zuerst hintergründig kamen die Laute näher und wurden deutlicher. Ich blickte mich um und versuchte, die Quelle zu erforschen. Das Geräusch schien von überall zu kommen.

Mit einem Satz war ich auf den Beinen. Die Laute ähnelten einem Stöhnen. Es war nicht menschlich und was immer es war, ich wollte nicht warten, bis es kam.

Hastig packte ich Anna an den Schultern und zog sie hoch. Ihre Haut war kühl.

Ich hakte mir einen ihrer Arme um die eigene Schulter, dann fasste ich sie um die Hüfte und zog sie mit.

»Was ist los?«, flüsterte Anna.

Ich gab keine richtige Antwort, stammelte nur einzelne Brocken, als ich loslief und versuchte, Distanz zwischen mich und die Geräusche zu bringen.

Der Weg führte geradeaus und an den Klumpen und Haaren vorbei. Ich war nicht schnell, aber auch nicht langsam. Anna machte es mir nicht leicht. Mit jeder Sekunde wurden die Geräusche klarer. Ich merkte, dass ich ihnen nicht entkommen konnte, da sie überall waren.

Ein Beben erschütterte das Ohr und ich musste anhalten. Die Klumpen neben mir wackelten jetzt wie Pudding.

Ich zog den Kopf ein und drückte Anna fest an mich. Von links war ein Dröhnen zu hören und diesmal hörte es sich wie ein Schlingern an. Eines der Löcher in der Wand wackelte, dann dehnte es sich und mir fiel die Kinnlade hinunter. Der dunkle Brei, der das Loch ausgefüllt hatte, verschwand und wurde durch eine gelb-grüne Farbe ersetzt, die unverhofft ins Licht trat.

90.

Ein dicker Wurm mit walzenförmigem Körper und konzentrischem Antlitz schälte sich aus dem Loch heraus, das offenbar zu klein gewesen war, um ihn durchzulassen, sodass der Wurm es gedehnt hatte. Er war groß und fett. Sein Gesicht war im Vergleich zum Körper klein. Es bestand aus einem weißen Kreis mit zwei rot geringelten Augen und einer blauen Lippe, die wie geschminkt aussah.

Das Gesicht in Kombination mit dem Körper machte einen grotesken Eindruck.

Ich konnte mich zuerst nicht rühren und starrte den Wurm durchdringend an, als wäre mir der Weihnachtsmann erschienen.

Erst als der Wurm anfing zu knurren, den Mund aufriss und seine Zähne präsentierte, die an einen Hai erinnerten, stob ich davon. Der Wurm setzte mir nach. Ich merkte es, da der Boden nicht aufhörte zu zittern. Zudem war der Laut, den er ausstieß, direkt zu hören. Es war ein hohes: »Wuhuuuu!« Und das mehrere Male hintereinander. »Wuhuuu!«

Das sind also Wuhuuus, dachte ich. Ich zog Anna hinter mir her. Meine Beine liefen beinahe von selbst. Rechts, links, dann wieder geradeaus. Stellenweise bog ich so knapp um die Klumpen, dass ein falscher Schritt gereicht hätte und ich wäre hineingefallen.

Ich sah zurück. Der Wurm war hinter mir. Sein Gesicht hatte sich verfinstert und der schwere Körper fuhr durch die Klumpen und Haare als wären sie Asche, die man aufwirbeln konnte.

Annas Kopf stieß immer wieder meine Schulter. Ich weiß nicht, ob es die Geräusche waren oder die schlingernden Bewegungen, die sie aus ihrer Trance erwachen ließen. Jedenfalls reckte Anna den Hals und öffnete die Augen. Das erste war ein Schrei, der mir durch Mark und Bein ging.

Erneut sah ich zurück. Dutzende Würmer schälten sich jetzt aus den umliegenden Löchern heraus. Manche waren nicht so groß wie der eine, der uns bereits verfolgte, sondern kleiner, als wären es Kinder. Auch sie hatten diese Clowns-Masken und verfolgten uns geifernd und im Chorus der Wuhuuu-Laute.

91.

Schnell bog ich um einen Klumpen und übersprang den nächsten. Anna quiekte. »W-was tust du?«, fragte sie über das Dröhnen hinweg.

»Fliehen.« Ich hechtete voran, Anna neben mir, die sich offensichtlich anstrengte, ihre eigenen Beine besser zu nutzen.

Wir fuhren an einem Büschel Haare vorbei und bogen um die Ecke.

Der Kanal schlug eine Kurve und führte nach rechts. Ich vollführte eine Wendung, bog um ein weiteres Büschel Haare und merkte zu spät, dass Anna meinen Schwung nicht ausreichend genutzt hatte. Ihre Beine verhedderten sich mit meinen und wir krachten hin.

Die Wucht des Aufpralls trennte uns. Ich stöhnte heiser, als meine Hand unter meinen Körper geriet und ich ein unschönes Knacken hörte. Anna schrie.

Erneut rettete uns der Boden, denn er bremste unseren Sturz und hielt mich, als ich drohte in einen Klumpen zu sinken. Ruckartig richtete ich mich auf. Die Geräusche waren nicht verschwunden und die Würmer verfolgten uns. Manche glitten sogar über die Decke, kopfüber.

Ich sprang auf und eilte zu Anna, die sich aufgerichtet hatte.

»Komm hoch!«, rief ich und streckte meine Hand aus. Anna sah mir in die Augen. Furcht lag darin. Sie hob ihre Hand und spreizte die Finger, als ein gelber Klumpen auf sie klatschte und ihren Oberkörper einhüllte.

Meine Miene entgleiste. Fassungslos starrte ich auf Anna, die die Arme hob und den Mund öffnete. Ihr Schrei war nicht zu hören. Die gelbe Masse dämpfte ihre Stimme. Es kam mir vor, als wären Annas Bewegungen verlangsamt. Als würden ihre Augen nicht mehr blinzeln und ihre Lippen sich nicht abrupt schließen ...

92.

»Nein, nein, nein!« Ich wollte ihr helfen. Ohne nachzudenken, griff ich vor, ehe Anna meine Hände wegschlug und mir einen Stoß gegen die Brust versetzte. Wackelig stand sie auf. Tropfen fielen neben ihr auf den Boden. Der größte Teil des Klumpens verteilte sich langsam über ihre Hose. Mit zittrigen Fingern fuhr sie sich über das Gesicht und schälte die gelbe Masse von sich ab. Das meiste bekam sie ab, jedoch blieb eine dünne Schicht auf ihr, die aussah wie klebriger Honig.

Mit zwei Fingern befreite sie ihre Nasenlöcher und schnappte nach Luft, als sie wieder atmen konnte. Ich näherte mich und wollte sie stützen, aber sie hob warnend einen Finger.

»Nein!« Sie sank auf die Knie. Ihre Haare waren fettig und trieften von der gelben Masse. »Nein, Larry.«

Ich packte sie am Arm, an einer freien Stelle. »Komm, Anna. Es ist nicht mehr weit.« Ich deutete in die Ferne, an deren Ende sich eine Öffnung befand, aus der blaues Licht strahlte.

»Wuhuuu«, machte es von links. Die Würmer kamen näher. Nicht mehr lange, dann würden sie uns haben. »Bitte, Anna! Komm!« Ich zog, aber sie ließ nicht locker.

»Larry!«, schrie sie und ich hielt inne. Resigniert beugte ich mich zu ihr. Unter der gelben Schicht war ihre Haut rötlich angelaufen. Ich erschrak und wich zurück, als auf ihrer Stirn ein Loch entstand und ein Blutrinnsal an ihrer Braue entlangglitt.

»Larry, du musst fliehen!«, brüllte sie. Es war nicht leicht, sie zu verstehen, da der Grund bebte und die Würmer ihre wüsten Ausrufe tätigten. »Lauf! Es ist nicht mehr weit!«

»Ich kann dich nicht zurücklassen«, erwiderte ich. »Bitte, komm!«

Sie lächelte. Es sah zumindest so aus. »Ich kann nicht. Ich sterbe!« Tränen rollten ihr aus den Augen. »Du musst fliehen!« Sie scheuchte mich auf die Beine. »Wenn du das Ende erreicht hast ...« Sie hielt inne und warf einen Blick zurück zu den Würmern. Die Herde hatte die Abzweigung erreicht und steuerte nun direkt auf uns zu. Zehn Meter, vielleicht weniger trennten uns von ihr. »Dann spring!«, erklärte sie, wieder an mich gewandt. »Spring und du bist frei. Und jetzt lauf!« Sie wedelte mit den Händen. Ich wich zurück. »Lauf, Larry! LAUF!«

Ich wankte, dann drehte ich mich um und lief, so schnell ich konnte. Ich hechtete an den Klumpen vorbei, an den Härchen und wich den fallenden Tropfen aus. Einmal drehte ich mich um. Ich sah Anna, die aufrecht stand und mir nachsah. Eine Hand erhoben. Ihr Gesicht war blutig. Von ihren Händen perlten rote Tropfen.

Als die Würmer sie erreichten, wandte ich mich ab und eilte weiter.

Der Weg war nicht weit. Ich hielt nicht an und sah nicht noch mal zurück. Die Löcher an den Wänden füllten sich. Mehr Würmer betraten den Gehörgang und nahmen die Verfolgung auf. Mein Atem wurde schneller und ich wurde schwächer. Am liebsten hätte ich geweint, aber mein Drang, den Clown zu verlassen, war stärker.

Ich sprang über die nächsten zwei Klumpen und erreichte das Ende: Eine transparente Tür aus Plastik mit einer Klinke. Die Wand, in der die Tür steckte und die Öffnung ausfüllte, war ebenfalls aus Plastik und durchsichtig.

Ich drückte die Klinke hinunter, rannte hindurch und …

93.

… schloss sie hinter mir. Dann machte ich mich an den Aufstieg. Ein Knall ertönte, als rechts und links eine Ladung Konfetti in die Luft geschossen wurde und sich um mich verteilte. Ich wirbelte die bunten Fetzen beiseite und erreichte schließlich die Spitze.

Vor mir war Licht zu sehen – und der Abhang, der in die Freiheit führte. Ich sah Glas. Vermutlich das Glas der Vitrine, in der Ganga stand. Braune und rote Farben mischten sich in das Muster. Vom Holzboden oder einem Stuhl mit rotem Polster.

Ich blickte zurück und sah die Würmer, die sich vor der Tür drängten und mich ansahen. Ihre schrägen Mienen grinsten hämisch. Sie waren so zahlreich, dass der Ohrenkanal nicht mehr zu sehen war.

Ich winkte, nahm meinen Mut zusammen und sprang.

94.

Ich schloss die Augen und presste die Arme an die Brust. Ich weiß noch, dass ich flog und dann ein Klirren hörte. Etwas pickte mir in die Kopfhaut.

Als ich die Augen öffnete, stand ich in einem Zimmer. Der Clown stand neben mir, die Lider geschlossen. Die Vitrine war zerbrochen, überall lagen Glassplitter und ich war wieder normal groß. Es war Yokis geheimes Zimmer. In der hinteren Ecke stand der Schreibtisch mit den Papieren und Zeichnungen. Der Gedanke der Freiheit war so wohltuend, dass ich am liebsten geschrien hätte – im letzten Moment konnte ich mich zusammenreißen, da mir einfiel, dass Yoki vermutlich im Haus war.

Ob sie das Glas gehört hat?, fragte ich mich. Ich hörte nichts. Keine Schritte. Keine Tür, die schlagartig aufging.

Auf Zehnspitzen schlich ich mich an Ganga vorbei und steuerte auf die Treppe zu. Als ich die erste Stufe betrat, hielt ich inne und musterte den schillernden Clown. Mein Antlitz verdüsterte sich. Ich änderte meinen Kurs und ging zu den Regalen und Schränken. Die Zaubererfigur war immer noch da, wackelte mit den Armen und rief: »Ich verzaubere dich! Ich verzaubere dich!«

In einer Schublade fand ich ein Feuerzeug. Ich nahm es und ging zu Ganga zurück. Der Clown bewegte sich nicht, als wäre er eingefroren.

Ich griff ein Stück seines Wams und schnippte das Feuerzeug an. Brenne, dachte ich. Die Flamme loderte auf und ich führte sie zu dem Stoff. Meine Finger zitterten und ich zögerte. Erinnerungen durchtrieben meinen Geist. Ich sah die Gruppe, die im Magen gefangen war. Ich dachte an Anna, wie sie den Würmern und den Klumpen zum Opfer gefallen war. Das Feuerzeug fiel mir aus der Hand und landete auf dem Boden. Ich sank auf die Knie und ließ meinen Gefühlen freien Lauf. Tränen rannen mir über die Wangen und ich schüttelte den Kopf.

Es war Unverständnis, vielleicht auch ein Appell an Gott und die Welt, dass das Leben ungerecht war und dämlich. Warum war Anna nicht hier? Sie hätte es verdient gehabt, immerhin wäre ich ohne ihre Hilfe niemals aus dem Magen herausgekommen. Stattdessen hatte sie sterben müssen.

Es brauchte Zeit, ehe ich diese Tatsache verarbeitet hatte.

Als der Lebenswille wieder in meine Glieder drang, fuhr ich hoch und starrte dem Clown in die weiße Fratze.

Ich wollte etwas sagen, die Worte lagen mir auf der Zunge, aber sie kamen nicht heraus. Stattdessen schloss ich meine Lippen und hob wieder das Feuerzeug. Wenn ich den Clown nicht zerstören konnte, dachte ich, dann wenigstens Yokis Notizen. Und das tat ich auch.

Ich fischte einen Eimer aus einer Ecke und sammelte alle Papiere ein, die ich auftreiben konnte. Auch die, die an der Wand hingen. Ich lud sie in den Eimer und zündete den Kübel an.

Als sich die Flammen durch die Papiere fraßen und eine dunkle Rauchwolke aufstieg, wandte ich mich ab und eilte die Stufen hinauf. Ich war vorsichtig und zu meinem Glück war Yoki nicht da.

Ich verließ das Haus und eilte zur nächsten Polizeistation. Dort habe ich Ihnen eine Kurzfassung der Geschichte geliefert und jetzt sitze ich hier und frage mich, was Sie wegen Yoki und Ganga unternehmen wollen …

95.

Larry lehnte sich zurück und verschränkte die Arme.

Mira kaute auf ihren Nägeln herum.

Was sie jetzt wohl dachte?

Seitdem er hier saß, hatte sie einen verschlossenen Eindruck gemacht.

Die Polizistin lehnte sich vor, legte die Hände auf den Tisch. Was würde sie jetzt sagen, was dachte sie? Würde sie ihn einsperren oder verhaften, würde sie ihn als Wahnsinnigen abtun?

Aufgeregt biss sich Larry auf die Unterlippe.

»Und?«, fragte er, aber Mira hob eine Hand. Sie stand auf. Ihre Miene war unerschütterlich.

»Warte kurz«, sagte sie. Ihr Blick ging zu der opaken Scheibe, hinter der bestimmt ein oder zwei Kollegen Platz genommen hatten.

»Ich bin gleich zurück.« Sie drehte sich um und verließ den Raum durch die Tür. Draußen verhallten ihre Schritte.

Larry legte den Kopf auf die Arme. Diese Müdigkeit war überwältigend. Er musste an Anna denken und stellte sich vor, wie sie in der Ecke stand und ihn ansah.

Larry sah auf.

Dort stand sie. Anna. Die junge Frau, die ihn durch den Körper des Clowns geschleust hatte. Die ihm geholfen hatte, das Gefängnis zu verlassen. Larry kniff die Augen zusammen. Er hob eine Hand und die geisterhafte Anna hob ihre. Sie lächelte. Dann verschwand sie.

Hm, dachte Larry. Seltsam. Eine Träne löste sich aus seinem Auge und purzelte seine Wange hinunter.

Schritte. Diesmal zwei Personen. Larry lehnte sich zurück und sah zur Tür.

Die Laute wurden deutlicher. Stimmen. Die eine war weiblich, die andere männlich. Mira bog um die Ecke und betrat den Verhörraum, ein Mann folgte ihr. Er war groß, breit und trug ein weißes T-Shirt, das er sich in die Hose gestopft hatte. Im Türrahmen blieb er stehen.

Larry hielt die Luft an.

»Du?«

Sein Vater sagte nichts.

Mira wandte sich an Larry. »Wir haben ihn angerufen und ihn gebeten zu kommen. Er wird dich mitnehmen.«

Larry sah sie an, dann stand er auf und bewegte die Hände, was die Ketten zum Klirren brachte. Mira trat vor und öffnete die Handschellen. Larry rieb sich die Handgelenke. Er nickte. Dann trat er um den Tisch herum seinem Vater entgegen.

Mira senkte den Kopf.

Sein Vater legte ihm eine Hand auf die Schulter.

»Komm, mein Sohn.« Er wirkte weder freundlich noch ungehalten.

Larry folgte ihm auf den Flur und den Gang entlang in Richtung einer Doppeltür.

Während er ihm folgte, sah er hoch zur Decke … dort glühten weiße Lampen. Wie die Handlampen in Gangas Magen, dachte er. Vermutlich hatte sein Vater auch eine Ähnlichkeit mit Ganga? Vielleicht war er selbst so eine Art Magen und er würde sich erneut befreien müssen?

Hm ... Mit zwei Fingern fuhr er sich über den kleinen Stumpf an der linken Hand. Das glitzernde Pulver war weg und vermutlich während seiner Flucht durch den Ohrenkanal abgefallen.

Die Wunde war sauber verheilt.

Er hatte sich aus dem Magen eines Clowns befreit, dachte er. Zwar mit Hilfe, aber er hatte es geschafft. Dann würde er sich auch aus den Fängen seines Vaters befreien können.

Der Vorteil: Er hatte es bereits einmal geschafft, ein zweites Mal würde daher nicht mehr so schwierig werden.

Er sah zu seinem Vater, aber der schaute geradeaus. Larry drehte sich um und bemerkte Mira, die an der Tür zum Verhörraum lehnte und ihm nachsah.

Larry lächelte und verließ mit seinem Vater die Polizeistation.

Über den Autor:

Alexander Hogrefe, geboren 1995, studierte Politikwissenschaften. Er verdankt seine erratische Fantasie dem leidenschaftlichen Interesse am Übernatürlichen. Bereits in jungen Jahren las er schaurige Geschichten. Mit 15 begann er zu schreiben. Seine Bücher behandeln besonders das Zusammentreffen unheimlicher Ereignisse mit gewöhnlichen Menschen und dessen Folgen. Weitere Bücher sind in Planung.